尼崎の一番星たち

沖田臥竜

CYZO

舞台は巡る。生野から尼崎へ

某テレビ番組にて、尼崎市民の市民性を検証されたことがあった。「市民性調査」と断ってインタビューしたものではないため、尼崎市民の本音がムキ出しになる。市外の人にとっては、社会の教科書に工業地帯と記されているせいか、それとも公営ギャンブルが充実しているせいか、ガラの悪い街という印象があるのではないか。

だが、尼崎市民にしてみれば、それは過去の話。現在はそうではない、となるのである。

「以前は4つもあった所轄署が今では3つになっている。それこそ治安が良くなった証拠やないか」

「ギャンブルの街？　競馬場や競艇場はあるけど、競輪場は隣や。隣の西宮市にあったの！尼にはない。おかしなこと言いよるわ」

と、胸を張る。そう尼崎市民は自分たちをどの地域の人間よりも紳士的だと信じて疑ってないのだ。それは特異な体質と呼んでもいい。これが尼崎市民を尼崎市民たらしめる所以でもあるが、出身地を尋ねられたときに、その特異体質が明らかになる。

「尼ですわ」

尼崎市民なら必ずこう答えるのだ。決して「兵庫県尼崎市です」とは言わない。近くに尼崎市民がいるなら試してみるといいだろう。市外局番が「大阪06だから」とか、そんな単純な理由では語れないほどの自信を込めて、返答してくるはずだ。

この「兵庫県」の看板を出さない感覚は、「日本最強の四次団体」と言われた三島組が上部団体の看板を出さないことに似ていると言えば、アウトロー社会の方々には、ご理解いただけるであろうか。

大阪市西成区に本拠を構えた三島組は山口組の保守本流と言われた山健組、その傘下でも一大勢力となる健竜会に属する組織。山健組も健竜会も武闘派として名高いのだが、三島組が他組織とバッティングしたとしても「山健や！」とか「健竜じゃ！」とは言わない。どんな組織に対しても「三島じゃ！」で通し、最強の名をほしいままにしてきた。それは、最盛期に数百人という手勢を従え、団結があったればこその三島組の力だった。

それと同じく尼崎市民46万人の団結は、市民を支える力となっている。市民同士の連携は塀の中になると、遺憾なく発揮されることになる。

「尼ですわ」

「えっ、尼なんや」

この会話だけで、尼崎出身の懲役たちが「尼の舎（グループ）」を形成したりするのである。そこには打算もなければ、相手の器量をはかることもない。ただ、「尼」という共通項があるだけ。


そんな尼崎でオレはヤクザをやっていた。これは、その16年間の物語である。

阪神電車尼崎駅

目次

第二章　スーパースター大炎上篇　63

第三章　尼崎最強伝説篇　109

第四章　懲役大炎上篇　145

主な登場人物

【沖　田】この小説の作者であり、語り手でもある沖田臥竜。元六代目山口組二次団体最高幹部。

【文　政】いい女とバクチをこよなく愛し、どんな大物にもタメ口で通す。まさに、豪放磊落にして天衣無縫。関西アウトロー業界の超有名人で、沖田の兄弟分でもある。現在、鳥取刑務所にて修行中。

【バッテツ】文政の右腕。ケンカに備え、筋トレを欠かさない通称、ステゴロキング。190センチの長身から振りおろされる拳は脅威そのもの。「あのね、あのね」が口癖で、借りてもいない金を返済する人が続出中。

【ヒ　カ】本名はヒカリ。最強との呼び声が高い姉妹の姉。気は優しいけれど、気分屋なところもある。行動範囲が異様に広い。タレントのスザンヌ似の美貌がゆえに、何をやっても許されてしまう。

【み　ど】本名はみどり。ヒカの妹で、二人を沖田は「光合成姉妹」と呼ぶ。生きていくために必要な酸素ならぬエネルギーを与えてくれる存在。姉よりも気が強く、文政を呼び捨てにできる希少な女性。姉に負けず劣らずの美貌の持ち主でもある。

第一章

尼崎極道炎上篇

狂い始めた夏

部屋住みシンの最期の1日

「なんで、1日増えるねん」

その日、当番を務めていた私はいたく不機嫌だった。私の後に当番へと入る予定だったゼロやんが逮捕されてしまったため、当番が1日延びることになってしまったからだ。

翌日が当番だというのに、酒を浴びるように呑んだ挙句、何が気に入らなかったのか、一緒に酒を呑んでいた自分の彼女の足を、ゼロやんはナイフで刺してしまった。

それはそれで非日常的な出来事ではある。だが、申し訳ないけれども、命に別状ない痴話ゲンカなんかよりも、1日増えた当番のほうが私には大問題だった。

「だから、直参と兼任はええように使われるから嫌やねん」

組織内の立場を呪いながら、当番責任者席に座り、届けられた書状にチェックを入れていた。除籍、破門、絶縁、引退、就任……。一枚一枚に鉛筆で日にちを書き込んで目を通していく。ふと視線を上げれば、4画面に分かれた監視カメラのモニターに道行く人々の姿が映し出されていた。

「カシラ、親分も留守にされてますし……一息ついたらどないです」

そう言いながら、私がカシラをやっていた三次団体から本部の部屋住みに入っているシンが、アイスコーヒーを私の目の前に置いた。綺麗に刈られた頭に、黒の戦闘服。小柄ながら少し吊り上がった目にヤクザの一面を覗かせている。

「おっ、気がきくやんけ。そうか親分は、田舎に帰ってはんのか。ほなら、のんびり出来んの」

親分がいるときは、本部内の空気が張り詰めている。必然、当番責任者もピリピリしており、何かと部屋住みを怒鳴りつけてばかりとなる。だが、このときは親分の留守ということで、穏やかな時間がゆっくりと流れていた。

「はい、のんびりしましょ。カシラも疲れてはるでしょう」

シンはそう言うと、私の横に備えつけられていた丸椅子に腰を下ろした。

「なあ、シン。お前、この先どうすんねや」

淹れてくれたアイスコーヒーをストローで吸い上げながら私は尋ねた。このとき、

2011年8月。すでにヤクザがヤクザで食えない時代は到来しており、私自身もヤクザであることに先行きの不安を抱えていた。

「えっ？　自分ですか？　自分は部屋住み終えたら、オヤジから若頭補佐にしたる、言うてもうてますんで、この部屋住みをなんとか務め終えて、カシラの補佐させてもらおうと思ってます」

ヤクザの肩書きだけでメシなど食えない。逆に、ヤクザであることが足枷になってしまうくらいだ。それなのに、私に向けられたシンの眼は、爛々と輝いていた。昔は私もこんな眼をしていたのだろうか。つい気持ちとは裏腹の言葉を口にしていた。

「そうか。それやったら、しっかりやらんといかんの」

シンが組織の門を叩いたとき、教育係に就いたのが私だった。初めは線も細く、すぐにケツを割ってしまうのではないかと思いながらも、組織のカラーを、ヤクザとしてのイロハを叩き込んでいった。

シンには内に秘めた負けん気の強さがあった。次第に所作の一つ一つが板についていき、「これならば本部に入れても恥ずかしくない」となって、本部の部屋住みに抜擢されたのだった。

その日、私は久しぶりにゆっくりとシンと語り合った。いつもシンをどやしつけてばかりの私がシンの話に真剣に耳を傾けたのは初めてだったかもしれない。

当番二日目。親分はまだ帰ってこないので、スーツからラフな格好に着替えた私は、ソファーで流れるテレビを観るともなく、眺めていた。

目の前に置いてあった携帯電話が振動し始めたかと思うと、アップテンポのメロディーを奏で始めたのだった。画面に視線を落とす。文政だった。

生野が生んだスーパースターであった。

「おぅ！ 兄弟！ どこや？」

「元気か？」といった社交辞令どころか、「もしもし」という当然の受け答えすら、文政には存在しない。

「どこて、当番やがな」

「かーっ！ ホンマ兄弟は、当番が好きやの。いっつも、なんや言うたら事務所いとるがな。どこまでＬやねん」

それを言うなら、Mである。

「しゃあないの〜。差し入れ持ってたるから、ちょっと待っとったれや」

文政は一方的に告げると，電話を切った。

私は間違ってもMなどではない。もちろん当番だって好きではない。どちらかと言うと大嫌いである。嫌いであるけれども、ヤクザである以上、仕方なしに当番に入っているのだ。でも、文政はそんなことを聞かないし、実際問題どうでも良いのである。

10分後、モニターを監視していたシンが「カシラっ！　来られましたっ！」と言いながら、ソファーに座る私に振り返った。モニターに目をやると、白のベンツが玄関前に横づけされていた。

相変わらず好タイムを叩き出してきた。文政はどこにいても10分もあれば、駆けつけてくるのだ。

「鍵開けたってくれっ」

シンにそう言うと、鉄板入りの扉が解除され、文政が勢いよく姿を見せた。

「兄弟！　相変わらずかっ！　たこ焼き買うてきたったどっ！」

身長はそう高くない。だが、がっしりとしたその体躯が周囲にナチュラルな威圧感を放っている。本部内に威風堂々と入ってきた文政の仕草は、まるで本部の幹部のような立ち振る舞いである。

「なんや親分は、田舎帰ってはんのか」

間違いない。やはり幹部さんだ。まるで文政はそれが至って当たり前のように、直参専用のソファーに腰をおろした。シンが、「失礼します」と言いながら、おしぼりとアイスコーヒーを文政の前に置く。

「おっ！ シン、だいぶ板についてきたやないか。たまには兄弟にヤマかえしたれよ！」

シンが「とんでもないです」と言いながら、首をブルブルと左右に振らせた。

「やっぱりここは、落ち着くの〜」

冷たいおしぼりで顔を拭い、文政はアイスコーヒーを一気にストローで吸い上げた。

もしかしたら、幹部さんというよりもさらにその上の執行部の方かもしれない。もちろん、文政はウチの組織の人間ではない。

ある意味、平和だった。しかし、この穏やかな時間は、そう長くは続かなかった。

延長された私の当番最終日の夜が明け、シンにとって人生最期の朝を迎えることになったのだ。

親分が留守ということで、いつもより遅く目覚めた私は、二階から一階におりていった。当番席に座るシンともう一人の部屋住みのムネが立ち上がった。

「おはようございますっ！」

「おっ、おはようさん」と答え、私はソファーに座り、目の前に綺麗に整えられ、並べられてある新聞を開いていった。朝刊各紙に目を通し、ヤクザの事件が報じられていないかチェックするのも当番責任者の業務であった。

「あの、カシラ、すいませんっ。もう掃除も全て終わってますんで、ちょっとだけムネとモーニングでも行ってきたらあきませんでしょうか？」

本来、部屋住みは事務所の用事以外、外へ出ることは禁じられていた。タバコ一本吸うにしても、私用の電話を一本入れるにしても、洗濯物を屋上へと干しに行く際に、隠れて済まさなければならないほどだ。

だが、今は親分が不在中である。

「かまへんど。掃除のチェックも後で適当にやっとくから、息抜きでもしてこいや」

と言って二人を送り出した。

本部には他にも部屋住みはいたのだが、シンとムネは仲が良かった。時折、ケンカもしているようだが、気になるようなものではない。どこにでもあるようなじゃれ合いに過ぎなかった。昼前には、二人とも本部へと帰ってきており、二階に上がると二人で風呂掃除を始めていた。シンとムネの様子に変わったことなどまったくなかった。

「カシラ、今日も店かいな？」

昼前に交替のナベさんが姿を見せた。私は当時、本部の直参からも枝の組織のほうの肩書きで呼ばれていた。

「そうですわ」

と答えながら、引き継ぎ事項をナベさんにいくつか伝え、帰り支度を始めたのだった。

「親分がおられへんから、のんびりさせてもらうわ」

引き継ぎが終わると、ナベさんは穏やかな声を出した。私は帰り支度を終えると、二階で風呂掃除をしているシンたちに階段の下から声をかけた。

「シン、帰るわのっ！」

慌ててシンがおりてきて、私を見送りに出てきた。

「シン、タバコでも買えや」

と言いながら、私はシンに二千円を握らせた。同じように見送りに出てきてくれたナベさんが「良かったやんけ～、シン」と笑顔を作った。

「はいっ！　ありがとうございますっ！　カシラ、ご苦労様でしたっ！」

私は手を上げ本部を後にしたのだった。これがシンとの最期の別れになろうとは、このとき夢にも思っていなかった。


「いらっしゃー…。なんや？　沖ちゃんか。お金にならへんお客さんに挨拶して損するとこや」

私は当番から上がった後、大阪でシノギの話を進めに行き、夕方に経営していた居酒屋の暖簾をくぐったのだった。

「何言うてんねん。仮にもオーナー様やぞっ」

カウンターの中のヒカに返した。大きな瞳は綺麗な二重瞼のアーチを描いており、スッと通った鼻が見る者を惹きつけた。

「へいへいっ」

と言いながら、ヒカがテレビのチャンネルを変えた。しばらく二人でテレビを観ていたが、客が入ってくる気配はまったくしない。ヒマになり、ヒカの妹、みどが「晩ご飯を食べにくるかな?」と話していると、勢いよく店のドアが開かれた。噂をすればなんとやらである。みどであった。

「沖田っ！　ご飯食べさせて！　ヒカ！ご飯作って！　お腹空いた！」

この無銭飲食の常習犯は、このとき中学三年生であった。少し吊り上がった瞳が、ヒカよりも気の強さを表しており、スジの通った鼻、少し薄めの唇、どれもが大人びていて、とてもじゃないが中学生には見えなかった。

夜も更けていき、みどに恋愛の哲学を延々と聞かされているところに、私の携帯電話が鳴った。昼過ぎに上がったばかりの本部からであった。

「ホンマ、人使い荒過ぎやろ」と思いながら通話ボタンを叩いた。流れ込んできたナベさんの声はすでに尋常ではなかった。

「カシラっ！　シンが、シンがっ！」

「どないしてんっ！」

思わずナベさんを怒鳴りつけていた。

「ムネが包丁持って暴れて、それで、それで、それで…」

「それで」のオンパレードに、「すぐに行く」と言って電話を切り、店を飛び出した。

背中でヒカとみどの声が聞こえたが、何を言っていたのかは、覚えていない。私の店は、本部から三百メートルほどの場所にあり、目と鼻の先であった。何があったのか。駆けながら、様々な事態を想定していた。

辿り着いた本部の扉は開け放たれており、最悪の予感はすでにＭＡＸにまで上昇していた。

「シンっー！」

私は、叫びながら本部に入り、一目散に二階に駆け上がった。

「シン、どこじゃっ！　どこおんねんっ！」

怒鳴りながら、二階の部屋住み専用の部屋の襖を勢いよく開けると、自分の身体は動かなかった。

砂壁に飛び散った血が視界に入り、血の海で横たわる上半身裸のシンがクローズアップされた。一目見た瞬間に、もう駄目だ、ということが分かったためだ。

「シン、シン！　お前、何しとんねんっ……カシラ補佐なるんと違うんかいっ！　おい、何しとんねんっ」

抱き抱えながら、シンからまったくの体温を感じないことに気がついていた。我に返って、急いで階下におりながら叫んでいた。

「誰か、救急車呼ばんかいっ！　救急車じゃ！　はよ呼ばんかいっ！」

一階に辿り着くと視界に、ナベさんたちが包丁を振り回すムネと揉み合っている姿が飛び込んできた。

「あいつはスパイやったんや！　あいつは回しもんや！」

ムネが半狂乱になりながら、押さえつけようとしているナベさんたちを振り払おうと暴れていた。ナベさんが包丁を握るムネの右手を両手でしっかりとつかんでいた。

「お前っ…お前、何しとんねん」

　呆然としながらも、私はムネの前に立ちはだかった。

「シンの奴が！　シンの奴がっ……」

　視点が定まらないムネが叫んでいた。

「やかましいんじゃい！　お前、一体何しとんじゃい！　包丁放さんかいっ！　ワシの言うことが聞けんのかい！」

　私はムネの襟首をつかんで怒鳴った。はっと我に返ったように、ムネががっくり頭を垂れ、包丁を手放した。

「はい……すいません……。聞けます。でも、シンはスパイやったんです……」

　手放した血だらけの包丁は、よく見ると刺身包丁だった。その包丁をナベさんが、すかさず取り上げた。

「シンはスパイやったんです……」

　と繰り返すムネ。

「お前、一体何を言うてんねん…」

怒りが芽生えてきたのは、もっと後になってからだった。このときは、目の前の光景全てを受け入れられなくて、どうしても現実のものと認識できなかった。

嫌な記憶ばかりが蘇っていた。あの日の夏。私が人を殺めたあの夏。あの空間に舞い戻ってしまったような錯覚があった。あのときも、目の前の光景を受け入れることができなかった。

遠くで、パトカーと救急車のサイレンがこだましていた――。

「カシラ、ここにサインしてくれ」

所轄の暴力団担当刑事に呼ばれ、私は警察署へと来ていた。身内と連絡がつかなかったので、司法解剖から帰ってきたシンを引き取るために、知り合いの葬儀屋と所轄に呼ばれていたのだ。

死亡証明書にサインし、持参するように言われていたハンコをついた。

「ほんならカシラ、後は頼むど。大変やろうけど協力してくれや」

現場に一番に辿り着いた私は、事件当日から参考人として、連日のように事情聴取を受けていた。

「はい」

と答え、私は所轄を後にした。その帰り道で、文政に連絡を入れた。

「もしもし、兄弟か。シンが死んでもうたわ」

文政は驚く様子もなく、黙って聞いていた。本部での殺人はのちに大きく世に知られることになっていた。すでに文政の耳にも届いていたのだろう。

「シンの淹れるコーヒー、美味かったの」

文政がボソリと呟いた。

「ああ、美味かった」

「落ち着いたら、兄弟、連絡くれるか。ワシにも線香あげさせたってくれよ」

「ああ分かった。ありがとうな、兄弟。また連絡入れる」

と言って、電話を切ったのだった。

ヤクザで生きる以上。殺されるのも殺すのも覚悟の上だ。しかし、全てのヤクザがそういった局面と対峙する訳ではない。そして、対峙せざるを得なくなったとしても、現実を受け入れるには、誰しも時間がかかるものではないだろうか。

シンが死んだ。そう思えるようになったのは、いつからだろうか。

見上げた空から容赦なく降り注ぐ太陽の陽射しは、ますます激しさを増し始めていた。

オレは立ち止まり、手の甲で額に溜まった汗を拭った。

夏のど真ん中。シンはヤクザで、この世に別れを告げていった。

6年前のあの夏。確かにオレはヤクザだった。ヤクザとして生きていた。あの夏、一つの星が輝きながら流れていった。

連鎖する別れ

酒と当番と涙とゼロやん

その夏は異常なくらい暑く激しい夏だった。

振り返ってみても、あの夏はどこかで何かが狂っていた。

同棲していた彼女を刺してしまったゼロやんは、彼女が軽傷で示談を成立させたこと、最後の務めから十数年空いていたことなどが考慮され、私を当番に入らせるだけ入らせておいて、無事社会にカムバックを果たしたのだった。

「当番、代わりに入ってもうて……すんませんでした」

シンが他界し、ゼロやんが社会復帰を果たすまでの期間に、私は三次団体の若頭という肩書きが外れ、正式な本部の直参に昇格を果たした。しかも、「組長付」という要職に就いていた。

五十代の坂を半分上っていたゼロやんに「そんなん、かまへんがな」と答えたのだが、ただ無類の酒好きを案じて一言だけ苦言を呈した。

「ゼロやん。酒呑むな、とは言わんけど、今回の事件も褒められたもんやないねんから、ほどほどにしとかなあかんで」

注意したのは、酒の席で彼女を刺したことだけが原因ではなかった。ゼロやんの小さな身体は、拘禁生活のせいもあって、さらに小さくなっており、どす黒く黄色がかった顔色は年齢以上にやつれて見えていた。それが気にかかったのだ。

もともと、ゼロやんの渡世入りは遅かった。建設会社の社長から企業舎弟を経由して、本格的な組員へとなった背景があったためだ。

「はいっ」

小さな身体を丸めて返事はしたものの、元来の酒好きは、私がたしなめたくらいで直るはずもない。釈放されたその日から、ゼロやんは浴びるように酒を呑み、クダをまいた。

それが祟ったのだろう。すでに病にむしばまれていたゼロやんの身体は、一気に病状を悪化させてしまい、いつものように浴びるほど呑んでいた酒の席で、血を吐いて倒れてしまったのだ。

ゼロやんは、私の舎弟で「時代錯誤」と呼んでいた古風をひたすら愛する男の兄弟分であったため、筋で言えば、私にとって弟にあたる。

「ゼロやんが病院へ担ぎ込まれたー」

一報を受けて、取るものもとりあえず、ホワイトブッチャーという巨漢の舎弟を連れ、病院へと向かった。

通常、ケンカの場面以外でブッチャーと私が連なることはまずない。

だが、私の目の前に座っていたのがブッチャーしかいなかったので、非常事態に致し方なく連れていくことにしたのだ。ブッチャーは尋常ではない荒くれ者なだけあって、もちろん車の免許証というような野暮なものを持っていない。助手席に太い身体を沈めると、

「兄貴！　急ぎなはれ！」

と言っているだけであった。

病室に辿り着いたときには、ゼロやんの意識はすでに朦朧としていた。

「ゼロやん！　逝ったらいかんぞ！　当番のことなんて、気にせんでええからな！　負けるな！」

ゼロやんの手を握り、必死に励ました言葉がこれであった。よっぽど私の方が当番を気にしていたのである。

一瞬、確かに死の淵で必死に戦っているゼロやんの唇がフッと笑みを漏らしたように映った。苦笑いを浮かべてくれたのであろうか。

これがゼロやんの最期だった。

そのまま、ゼロやんは呆気ないほど簡単に、この世に別れを告げていったのであった。

シンが死んで20日目。ゼロやんの釈放後わずか7日目の出来事だった。

「沖田、中で見送ったれ。親より先に死んだときは玄関の仕切りの中から見送ったらなあかんのや」

ゼロやんが出棺される間際、私は親分からこう教えられた。

その後、ゼロやんの親族が火葬場に向かうために、霊柩車やマイクロバスなどに分かれて乗り込み始めると、親分は喪服の上着を脱ぎ、額に汗を流しながら一人で大声を上げて、車の誘導をし始めたのだった。

親分はそういう人だった。

全ての車を葬儀場から送り出すと、親分はハンカチを額に当てながら、容赦なく降り注ぐ陽射しを見上げた。

「ゼロは無口な男やったけど、ええ男やった」

と呟いたのだった。

私も親分の横で降り注ぐ陽射しを見上げながら、「はいっ」と答えた。

見上げた夏の空はどこまでも青く果てしなかった。

ゼロやん、シンによろしく伝えてくれよ——。

私は静かに心の中で、そう呟いたのだった。

抗う者たちへ

生粋の愚連隊 メンチとの別れ

その激しい夏は、シンとゼロやんを連れていっただけでは終わらなかった。

そのときは、決して気づくことができなかったけれど、狂ったような流れはオレなんかがどう抗おうと、決して止めることはできなかった。

メンチはホワイトブッチャーとともに、私の秘密兵器であった。常に修羅に身を置いている文政でさえ、

「兄弟はええやないか。ブッチャーとメンチがいとるのやから」

とことあるごとに口にしていたほどであった。荒事には二人ともめっぽう強い。逆に言えば、荒事以外はからっきしなのだが……。

豆タンクのようなガッチリとしたホワイトブッチャーに対し、メンチは身長180センチ。体重90キロ。大柄だが、ひとたびスイッチが入れば、驚くほどのスピードを見せる。ブッチャーとは、幼稚園の頃からタッグを組んで暴れ回っていた。

一切、どこにも属さず愚連隊の生き方を貫いていた気ままな二人が私の配下となったのは、私が所属していた組織に二人でケンカを売りにきたのがきっかけであった。ウチの人間とケンカになり、わざわざ事務所まで乗り込んできたのだ。

ブッチャーとメンチは、20人以上の男たちに囲まれても一歩も引こうとしなかった。私は、その光景を最後尾で眺めていた。

その日、二人は三度も事務所へとやってきた。三回目にやってきたときには、歩くのもやっとだったはずだ。

「お前ら、ごっつい根性あるな」

思わず私は、声をかけていた。それが私と二人の出会いの言葉になった。

歳は私よりちょうど10歳上になる。

「お前らの根性はもう分かったから、次はケンカしに来んと、遊びに来いや」

二人にこう声をかけて、その日はようやく収まったのだった。

翌日から本当に二人は、毎日のように事務所に遊びに来るようになった。しょっちゅう揉めごとを持参しながら。そして、いつしか私のことを二人揃って兄貴と呼ぶようになっていた。

ブッチャーと二人で、死んだゼロやんを偲びながら杯を傾けていると、メンチから電話が鳴った。

「兄貴でっか？　パチンコ出てまんのか～？」

もちろん、私はパチンコなど打っていなかった。その旨を伝えようとすると、

「兄貴っ！　ワシは兄貴の悪口なんて言うてまへんでっ！」

今度は私の悪口を言っていないと、強い口調で訴え始めたのだ。

「ロッキーが『お前、兄貴の悪口言うとるやろ』ってしつこいんですわっ」

メンチは少し怒り口調でもある。ちなみに、私の周囲でロッキーと呼ばれている者はいない。さんざん私は、メンチが悪口を言っていないことを力説され、最後は、やや怒り気味のままメンチに一方的に電話を切られてしまった。どちらかと言うと、怒りたいのは他でもない私のほうだ。

切られた携帯電話を唖然として見つめていると、横でことの成り行きを聞いていたブッ

チャーが口を開いた。

「ロッキーでっしゃろっ」

なんとも言えぬ、したり顔で話すブッチャーに、私は尋ねた。

「なんや、ブッチャー知ってんのか。誰やねん、ロッキーって?」

「あいつ昔から、シャブとハッパ、チャンポンさせると、ロッキーのテーマソングが流れて、ロッキーが来た！　ロッキーが来た！　言い出しよりまんねん」

聞くんじゃなかった。ロッキーはメンチが生み出した、ただの幻覚ファイターだったのだ。

私は「なんじゃそれっ」と吐き捨てると、グラスに残っていたビールを一気に呑み干した。そのときだった。店内の入口が開け放たれた。自然、そちらに視線を投げる。

「兄貴っ、すんません…」

汗まみれのメンチが息急き切って、そこに立っていた。

「メンチ、どないしてん…」

メンチはもうロッキーのことを口にせず、ただただ禁じていた覚醒剤に手を出してしまったことを詫び続けた。

私は、もうやってしまったものは仕方ない。それよりもこのままウロウロされては、警察の職務質問に遭い、逮捕されてしまう怖れもある。まずは、親元へと帰って覚醒剤を抜いてくるように告げた。メンチの親は有馬温泉のすぐ近くに住んでいる。そこで10日ほど過ごせば、覚醒剤は抜けるはずだ。

メンチは神妙に頷くと、次の日から親元へと帰っていった。

途中、メンチから電話があり、「兄貴〜、温泉入りにきなはれ〜」と連絡があった。そのときの声は、いつものメンチの声色に戻っていたので、私は勝手に安心してしまっていた。

だが、きっかり10日後に事務所へと姿を見せたときのメンチは、明らかに顔色がおかしかった。

私は、メンチに早く帰って休むように促した。

「兄貴、元気になったら兄貴の運転手、ワシがやるからなっ。ワシがやるからなっ。ずっと一緒でっせ」

「メンチに運転手してもうたら、危のうて仕方ないわっ」

私は笑顔で返した。メンチもクスッと笑った。


翌日、けたたましく鳴り響くブッチャーからの電話で叩き起こされた。

「兄貴、メンチが…メンチが死にました」

時が止まるとは、このことを言うのだろう。一瞬、ブッチャーが何を言っているのか分からなかった。

ブッチャーとメンチの朝は、異様に早い。その日、ブッチャーは電話に出ないメンチの家のインターホンを激しく鳴らしたらしい。だが、中から応答がまったくない。ドアを叩いても、蹴り上げてみても、それは同じだったという。訝しんだブッチャーは管理人を叩き起こし、メンチの家の鍵を開けさせた。

メンチは、室内で背を向けて座っていた。その背にブッチャーは、声をかけた。

「おいっ！　メンチっ！　おんのやったら、返事せんかいっ！」

ブッチャーはドカドカと上がり込みながら、声をかけたが、メンチはいつまで経っても振り向こうとしなかった。

メンチは、座ったまま冷たくなっていた。死因は心筋梗塞。

私はブッチャーからの電話を切ると、うずくまっていた。ブッチャーもそうだが、メンチからも腐るほどの厄介ごとを持ち込まれ続け、

「おどれ、こらっ！　そんなにオレの言うこと、聞かれへんのやったら、出て行きさらせっ！」

と、何度もどやしつけたことがあった。

「あ？　あっ、そうかい、そうかいっ！　出ていったらっ！　世話なりましたなっ！」

そう言い返してきても、必ず翌日の午前10時になると、何事もなかったように定期連絡を入れてくる。

「兄貴～ご苦労はんですっ。なんぞ変わりありまへんか～」

いつの間にか、私は泣いていた。嗚咽を漏らしながら、泣きじゃくっていた。

「沖ちゃん、どしたんっ？　何かあったん？」

震える私の背に、ヒカが話しかけてきた。ちょっと一人にさせてくれっ、と言うのが精

一杯だった。

なんでメンチまで死んでまうねんっ、運転手してくれんのとちゃうかいっ！　なんで、なんで死んでまうねんっ！　なんでやねん、なんでやねん、なんで…。

涙はとめどなく流れ続けた。

次の日になっても、次の次の日になっても、もう二度とメンチから定期連絡が入ることはなかった。

暑くて、狂ったような夏の終わり。駆け抜けるように生粋の愚連隊が一人。この世に別れを告げていった。

怒涛の暴排条例

冷えた渡世で触れた人情

「ワシは自他ともに、それどころかサツまで認めとる治外法権やから、暴排（暴力団排除条例）もクソも関係あらへんけど、兄弟はこれからシノギかけにくなるど」

シャバで席巻している暴排条例の噂は、当時、私や文政が暮らしていた大阪刑務所にまで轟いていた。

施行された暴排条例にかかると、現役の人間は通帳も作れないし、マンションの賃貸契約を結んだだけで逮捕されてしまうという話だった。

「そんなもん、プラチナ（直系組長）クラスの話やろう。オレらみたいな渡世におるか、おらんか、分からんようなもんは対象外や。関係あらへん」

この頃は、確かにそう思っていた。自分は大丈夫だとタカをくっていた。全てのヤクザを対象にしている条例だというのに……。

今から思えば、ムショボケを患っていたのであろうか。

暴排の煽りをまず痛感したのは、放免祝いだった。もとより放免祝いは、暴対法の改正時に禁じられていた。直接、規制の対象になっていたのは、組織から服役した組員へのご褒美（賞揚や慰労の目的で金品等の供与）だったが、どんな法律にも抜け穴があるもので、激励会や食事会と名を変えつつ、しっかりと生き残りはしていた。

だが、暴排の影響がモロに出たのは、包まれる祝いの金額だ。私が刑務所に行く前は、「あいつは銭グッスラ持っている」と言われていた者たちまでもが「冷えきってる（精神的にも肉体的にも冷えてしまっている）」と口にしており、微々たる祝儀しか包んでくれなかった。

シャバでの時間の経過とともに、その理由――暴排条例――が、ヤクザをがんじがらめにしている様を、私は痛感していくことになる。

出所後、私はすぐに三次団体若頭と兼任という形で二次団体の直参に昇格した。しばらくすると、兼任も解かれ二次団体の直参に専任、さらには組長付に選ばれ、そして二次団体の執行部の一員となった。

こうして肩書きが上がれば上がるほど、暴排条例が及ぼす影響力は大きくなっていく。

飲食店を経営しようにも、ヤクザをオーナーと登記すれば八百屋や魚屋、酒屋との取引は暴排条例違反になりかねない。私の場合、飲食店を任していたのだが、任した人間がイベントで酒屋にサービスを願い出れば、恐喝にあたるとなぜか私がしょっぴかれた。まったくシノギをかけられないのだ。

しかも、何年も前に飛んだ私の若い衆のことで、当局から徹底的にガサをかけられ、「何がなんでも再びブチ込んでやる」と宣言されていた。そこから2年間にわたって内偵捜査が続けられ、捜査員に張りつかれたりもしていた。

「もう、ヤクザで生きていくのはムリかもしれんわ、兄弟」

再びシャバに別れを告げた文政に、私は大阪拘置所の面会室で愚痴をこぼしていた。

「どうや！　ワシゆうたやろが大刑（大阪刑務所）務めてるときに、これからシノギをかけられんようになるどって。覚えとるか、兄弟。ワシには先生の目があるんや」

えらくご満悦の様子の文政であったが、それを言うなら先見の明である。

「ま、兄弟、冷えきった顔しとらんと、元気出して大好きな当番でも入っとかんかいな」

当番なんてこれっぽっちも好きではなかったが、しょっちゅう事務所にいた私を見て、当番が好きなのだと誤解しているようであった。

それでも日々の組事に忙殺される毎日を送っていた。そんなある日、無理が祟ったのか、私は体調を崩して病院へと担ぎ込まれてしまった。

幸いにも大事には至らずに済み、点滴だけでどうにか回復できると告げられ、私はベッドに横たわって点滴を受けていた。

そのときだった。なんだか病院内が騒がしいと感じていると親分の声が聞こえたのだ。私が病院へと担ぎ込まれたのを聞いた親分は、着の身着のまま運転手も付けずに病院へと飛んできてくれたのだった。

病室に入ってきた親分は、私が起き上がろうとするのを制した。

「かまわへん！　かまわへん！　そのままにしとけっ！」

そう言ってから、居合わせた医師に私の病状の説明を受けると、心底ホッとした表情を浮かべた。

「ホンマに良かった、大事に至らんで」

そのときの親分の表情が私の気持ちを変えた。

シノギがかけられないとか、ヤクザがどうこうとか、もう全てどうでもよい。私はこの人に寂しい想いだけはさせられない。

ここまで心配してくれているのだ。この人が渡世を歩み続ける以上は、私は石にかじりついてでもついていこうと決心したのだった。

その後、容態は順調に回復していき、私は一線に復帰を果たしたのだった。

そして、この出来事を記し、塀の中の文政に便りした。すると、彼からの返信には、このようなことが綴られていた。

《やっぱり親分いうのは、凄いの。たった一つの場面で若い衆の気持ちをつかみ、生かすねんからの。

正直言うてワシは、そないにグチグチ言うのやったら、ヤクザなんぞ辞めてまえ思とったんや。辞めてまつのガードでもしとけ！ て思ってたんや。

それを変えてまうのやからの。やっぱり親分は違うわの》

まつというのは「まっちゃん」と呼ばれる車上荒らしのスペシャリスト。なぜに私がまっちゃんの仕事の見張りを務めなければならないのだ。

だが、文政の手紙の本当の恐ろしさは後段にあった。

《兄弟には、ワシが出所したら、バンバン兄弟の代紋つこたろ思とるから、稼業でどんどん出世してもらっとかな困るんや》

私は軽い目眩を覚えていた。やっぱりカタギになったほうが良いのかもしれない。

文政からの手紙を読み返しながら、私はそんなことを思っていた。

辿り着いた総本山

親分の代理はクラクラします

吹く風に秋の訪れを感じ始めた頃だった。予期せぬ事態が、私の所属する組織に起きた。私の親分と上司にあたる若頭を、県警が同時に逮捕したのだ。

そのときの県警のハシャギようと言ったらなかった。確かに、県警にとっては、大金星なのであるが、こちらは胸くその悪い逮捕でしかない。

当時、私の組織内での役職は、若頭補佐であった。出頭する直前に、親分から「沖田、ワシが戻るまで事務所のことは頼むぞ」と言われた。この一言で、二人が戻ってこられるまで、私が組織の責任者となったのだ。

はっきり言って、荷が重い。責任者を任されるということは、親分の名代で本家の定例会にも出席しなければならないし、様々な責任がのしかかってくるのだ。

それを考えただけでも、内心クラクラしていたのだが、「クラクラします！」なんて口が裂けても言える訳がなく、私は「はいっ」と答えたのであった。

さて、親分と若頭を挙げたことで、県警が次なるターゲットを絞り始めた。わざわざ私の所属する組織の名前をつけた「〇〇組壊滅作戦」と題した、大袈裟なプロジェクトチームをご丁寧に作ったほどだ。

そして、次なるターゲットに選ばれたのが、他でもないこの私であった。

本部だけではなく、私が経営していた飲食店まで徹底的にガサをかけられ、毎日のように言いがかりをつけられては、警察署へと足を運ばされるハメに。

「だから自分は何も分かりませんてっ」

と言うのが、この頃の私の口癖だった。対する〝相手さん〟も決まり文句を必ず使ってくる。

「お前も二、三年は懲役行ってもらうからのぉ」

そう言われても「だから自分は何も分かりませんてっ」と口癖を繰り返してみるが、内心はかなり穏やかではなかった。

「兄弟～、えらい人気者になっとるやないか～っ」

本家の定例会を明日に控え、私が留置場に座る文政を訪ねると、彼はアクリル板の向こうで嬉しそうに口を開いた。

「なんでやねんな。人気なんかあるかいなっ。人気あんのは、兄弟やろがっ」

もちろん文政は否定しない。

「当たり前やないか。ワシの人気はいつでもうなぎ登りや。やけど、兄弟も隅には置けんがな。なんでもケムシまでが兄弟を狙っとるらしいからのっ～」

なぜ、この男はこんなにも嬉しそうなのであろうか。しかも、「ケムシ」である。名前を聞くだけでも目眩を覚えるそのネーミングの主は、関西裏社会の不良をいじめることを生き甲斐にしている府警の刑事だ。尼崎はギリギリ兵庫県であることを、ケムシは忘れてしまったのであろうか。

「期待しとんで、兄弟～」

終始、笑顔の文政に、私の目眩は一層、激しさを増したのであった。

面会を終えると、私はその足で本宅へと顔を出し、親分の姐さんに「明日、親分の代理で定例会に出席してきます」と挨拶したのだが、このとき、姐さんからこんなことを言われた。

「沖田さん、本家の定例会に行きはんのやったら、ヒゲは剃って行きなさい」

そのときは、「姐さん、いくらなんでもそこまでせんでええのと違いますか」と口にはしないものの心で呟いていた。

だが、翌日には心底、姐さんに感謝したのであった。本家に向かうと、代理出席でヒゲを生やしている者は誰もいなかったのだ。そこまでしなければならない神聖な場所であった。

「ええか、沖田。本家は独特の雰囲気があるから、その雰囲気に呑まれたらあかんどっ。兄貴の名前呼ばれたら、代理です！　て大声で叫ぶぐらいでちょうどええからな」

と心やすくしていただいてた叔父貴に言われ、挑んだ定例会では大広間に入室しただけで心臓が爆発してしまいそうになっていた。

たった一言「代理です」と言うだけなのに……。

周りを見渡してみると、全員が世の人々から親分の称号を与えられた方々ばかりである。小さなバーを営みながら細々やってまんねん、という顔ではない。私がこの中で一番、金を持っていないことは一目瞭然であった。

しかし、私も小さなバーの経営者の顔をしている訳にはいかない。なぜならば、私の懐事情がどうであれ、親分の名代で今その座布団に座っているのだ。顔くらいは涼しい顔をしておかなくてはなるまい。そんなことを、あれこれ考えているときだった。

「親分入られますっ！」という声が大広間に響き渡り、ゆっくりとした足どりで、薄い紫の作務衣を着た本家親分が入室してこられ、私から見て一番奥の中央に腰をおろされた。

私は最後尾から、その光景を眺め、ついにオレもここまで来たか（正確には上り詰めていないのだけれど……）などと思いながら、緊張と感慨が入り乱れていたのだった。

すぐに出欠を取り始めた。「敬称は省略しますっ！」と断わりを入れてから、名前を読み上げる叔父貴のスピードが早いことは想像以上であった。

私はそのスピードに合わせて「代理です」と心の中で連呼していた。代理です、代理です、と心の中でのリハーサルを繰り返していくうちに、緊張のあまり頭の中が軽くショートしていたのかもしれない。

いつの間にか、心の叫びが「代理です」から「同席です」に変わってしまっていたのだ。

同席ですっ！　同席ですっ！　同席ですっ？　同席ですってなんやねんっ――。

これにはひどく気が動転してしまい、頭が真っ白になってパニック状態に陥りかけていた。

そこに私の親分の名前が読み上げられた。

結果から記そう。

私の口から出た言葉は「代理ですっ！」である。

正解を口にしたことまでは記憶しているが、この後のことは放心状態だったために、あまり覚えていない。気がつけば、私は事務所に戻っていて、当番者が目の前に置いてくれた水を一気に飲み干していた。

「どないやった、本家の定例会は？」と他の幹部に聞かれ、「寿命が3年は縮まった……」と答え、ソファーに身を沈めながら、瞼を閉じた。

文政の兄弟に聞かせたら、また爆笑するやろなっ——なんて思いながら……。

社会復帰

16年のヤクザ人生に終止符

狂ったような夏が過ぎ去り、秋が駆け足で行ってしまうと、冬が訪れ、また春がやってくる。こうして季節は繰り返される。同じ1年という時間を費やしているはずなのに、二次団体最高幹部として過ごした3年の歳月はとても早く過ぎ去っていった。

ゴールデンウィークが明け、いつものように親分は本部から本家へと出かけていった。このとき、私は本部の若頭代行を預かっていたので、その姿を本部で見送っていた。

大型連休期間は、地域住民に配慮して本家は休みに入る。そして、その連休が明けるとプラチナ（直系組長）の親分たち全員が本家へと招集され、本家親分に挨拶をする。これが恒例行事となっていた。

空前絶後の六代目山口組分裂は、この翌年のことである。現状のような混乱が訪れるとは想像もしていない時期のことだ。

親分が乗り込んだレクサスを見送った後、私は当番責任者に迎えに出られないことを告げた。本来ならば、本家から帰ってくる親分を本部で迎えるのも見送るのも執行部の役目だったが、この日はどうしても外せない社長との会談が入っていたのだ。

市内で行われた会談は順調に終わり、会談相手の社長と雑談しているときだった。本部から私の携帯電話に連絡が入った。腕に嵌めている時計は、午後2時半を指している。ちょうど親分が本家から戻ってこられている時間帯だ。

「代行、忙しいところすんません。親分が手空いてるときに本部覗いてくれ、言われてはります」

この一言である程度の覚悟をしていた。「すぐに行く」と言って、本部からの電話を切った。

「社長、すまんっ。ちょっと行かないかんようなったから行くわ。今日のこと頼むわな」と言って席を立った。本部へと入る前に、私は自宅のマンションに寄って、スーツを着替え直した。私なりの正装の意味合いがあった。

本部では、当番者や居合わせた組員たちが立ち上がり、頭を下げて挨拶してきた。私も「ご苦労さん」と返し、居合わせた直参に尋ねた。

「親分は？」

「組長室におられますっ」

どの顔もそれを覚悟している表情に見えた。私は、3階に上がり組長室のドアをノックした。

「ご苦労様です。沖田です」

「おっ、入ってくれ」

親分の声が中から聞こえてきたので、失礼します、と言いながら組長室のドアを開けた。ソファーに座る親分の表情は、なんだか晴れ晴れしているように見え、私の予感が確信に変わった。

私は促され、親分の真正面のソファーに腰をおろした。深々とソファーに身を沈めていた親分が、おもむろに口を開いた。

「沖田、お前にも相談しようか思ったんやけどな。今日、本家で引退するて言うてきたわ」

親分の声色はいつにないくらい穏やかだった。覚悟していたこととはいえ、言葉で現実に聞くのでは実感が違う。

思わず私は目を伏せた。脳裏には様々な事柄が走馬灯のように駆け巡る。ヤクザを辞めようと考えたのは、一度や二度ではない。それだけ、世の中がヤクザを受け入れなくなってきている。いつかは私もカタギになるだろうと考えていた。

それでも、渡世にゲソつけて16年。塀の中で過ごした時間も含め、「自分はヤクザなんだ」と言いきかせて生きてきたのだ。カタギになる自分が想像できなかった。

それが今、終わろうとしている。膝の上に置いていた拳を私は無意識のうちにさらにきつく握りしめていた。

「親分、私らが頼りないばっかりに申し訳ありません……」

私はそう口にすると唇を噛んだ。

「何を言うてんねん。お前はようやってくれた。ワシとカシラが留守してる間、ホンマによくやってくれた。ホンマはな、死ぬまで現役を考えてたんやけど、こんなご時世や。お前らの辛そうな顔をもう見てられへんしな。ちょうど節目の七十を迎えたから、引退を決めたんや」

人情味のある親分だった。躾けには厳しかったが、それは若い衆がヤクザとして、というよりも人として生きていくにはどうしたらいいのか、ということを懸命に考えてのことだと、皆が知っていた。親分の教えがあったからこそ、どうしようもなかった自分が少しはマシな人生を送れるようになったのだと思う。

熱いものが目頭に込み上げて、今にも溢れ出してきそうだった。なぜ、私は泣き出しそうになっていたのだろうか。なぜなんだろうか。

「沖田、お前はもう好きな道に行ったらええ。ヤクザ続けたいのやったら、続けたらええし、カタギなりたかったらカタギになってもええぞ」

どこまでも親分の声は優しかった。私は下げていた視線を上げて、口を開いた。

「親分が引退されはるんやったら、私もカタギにならせてもうてもかまいませんか」

親分は満面の笑みを浮かべ、頷いてくれたのだった。

「オカンか。今日で親分が引退されることになってな。オレもカタギにしてもろうたわ」

組長室から退室した私は、本部の外に出て母親に電話をかけていた。

「あんたは、もうそれでええのかっ？」

少し間をおいて、はっきりと私は答えた。

「かまへん」

電話の向こうから安堵のため息が漏れてきた。

「もうそれがええわ。ホンマに安心した。それがええわ。ヒカちゃんにも電話したんか?」

「まだや。今から電話する」

「はよ電話したり。お母さん、ホンマに安心したわ。ホンマに安心した……」

二十一歳で人を殺めてしまい、踏み外せるだけの道を踏み外して私は生きてきた。そんな私を母は何度も見捨てようと思ったはずだ。

それでも母は、見捨てなかった。

――あんたは鬼の子や!

と書き記した手紙を刑務所に座る(服役する)私に送りつけてきたこともあったが、母は最後まで見捨てなかった。

受話器の向こうで、母は「安心した、ホンマに安心した」という言葉を何度も繰り返した。ヒカも母と同じ意味合いの言葉を受話器の向こうから尋ねてきた。

「沖ちゃんは後悔せえへんの？」

「ああ。後悔せえへん」

ヤクザをやっていることを、お母さんのえりちゃんとお姉ちゃんのゆまちゃんに知られてから、ヒカは実家との縁を切られていた。それでも、一度たりともヒカは愚痴めいたことを口にしたことがなかった。

「近いうちに、えりちゃんとゆまに挨拶しに行こう」

と告げて、私は電話を切ったの。


「おう！　兄弟！」

その声で文政が全てを察していることが分かった。留置場の面会室。アクリル板の向こうに座る文政は笑顔だった。

「兄弟、オレ、カタギなったど」

「おう、赤シャツから聞いとる。親分も引退されたらしいの。でも兄弟、親分はどこまで行っても親分やろ？」

赤シャツとは文政が飼っている情報屋のことだ。

「そうや。引退しはっても、オレの親分は親分だけや」

「ほんなら、なんも変わらへんやないか」

豪快な男だった。彼には、カタギだからとか、ヤクザだからとか関係がなかった。

「で、これからどうすんねん、兄弟？」

「とりあえず、働きながら小説家を目指すわ」

「おう、それやったらワシを主人公になんか書いたらんかい。文政ファミリー全員に買わせたるから、売れること間違いなしやど」

「ああ、兄弟の悪行を全国にオレの筆で広めたるわ」

「それもありやの。ワシもそろそろプロからメジャー行きを考えとったとこや」

と、文政が答え、笑い合ったのだった。

ヤクザとして、歴史に足跡を残せなかったかもしれない。

だが、そこで確かに生きてきた。生きてきた時間があった。

ヤクザの道を選んだことに後悔もなければ、カタギの道に戻ったことも後悔はなかった。

カタギになって一週間後。私は知り合いの社長に頼み、人生で絶対やることはないだろうと考えていた現場仕事に出ていた。

「沖田さ〜んっ！　休憩してくだ〜さいっ！」

私は「は〜いっ！」と答え、作業の手を止め、首に巻いていたタオルで額の汗を拭った。

ここから始めよう。先のことなんてどうなるか分からないけど、ここから始めよう。

そう思いながら、ポケットからタバコを抜き出し、咥えたタバコに火を点けた。

「悪ないやんけっ」

ヤクザで修行してきたおかげで、たいがいのことは辛抱できるはずだ。人生はまだまだ続いていく。

どこまでも広がる青空に向け、私はゆっくりと紫煙を吐き出したのだった。

第二章

スーパースター大炎上篇

無賃乗車

文政からのウォンテッド

浮世離れしている文政は、公共の交通機関というものを利用したことがないらしい。そんな彼が、後にも先にも1度だけだけだろう。公共のタクシーを利用したのは……。

「あのね、あのね、兄弟、タクシーはね、後部座席に乗んねんで」

西成のバクチ場までタクシーに乗って、文政を迎えに来たバッテツが、助手席に乗り込もうとする文政に声をかけた。

文政は自身の運転テクニックに絶対の信頼を置いている。そのせいか、運転手を大勢、抱えているのだが、大半は自分で運転している。ハンドルを握らないときは助手席と決まっていて、後部座席に座るという習慣はなかった。

「何を訳わからんこと言うとんねん」

と言いながら、後部座席のバッテツを見た後、当たり前のように助手席に身を沈めた。

「あの、車出してよろしいでしょうか？」

恐る恐る尋ねる40代後半と思わしきタクシーの運転手。ここに来るまでにバッテツから懇切丁寧に運転手としてのレクチャーを受けたに違いない。

バッテツは文政と違い、よくタクシーを利用している。利用しているというか、どの会社のタクシーも自分の運転手と思い違いしているフシがある。

「行ったらんかい！」

どかりと両足をダッシュボードの上に置いた文政が、シートを目一杯後ろに倒しながら答えた。走り出してしばらくすると、文政がタクシーにケチをつけ始めた。

「おい、兄弟、なんやこの車しょぼくさいのぉ」

「うんとね、兄弟、タクシーってこんなもん」

タバコを燻らしながらバッテツが答える。

当たり前だが、車内は禁煙である。

一行が向かう先の信号が黄色から赤に切り替わった。それに合わせてタクシーの運転手がそっとブレーキペダルを踏み込んだ。少しでも車内に振動を及ばさないために、タクシーの運転手はいつも以上の気遣いを見せたのだろう。

「コラ！　オッサン！　お前、さっきから何をどんくさい走り方しとんじゃい！」

運転手の細心の気遣い虚しく、文政の罵詈雑言が飛んだ。容赦などまったくない。文政は赤信号で車を停車させるのが大嫌いなのだ。

「もうええわ。お前、運転代われ！」

タクシードライバー歴何年かは知らないが、運転を代われというクレームは初体験ではなかっただろうか。

「そっ、そそそ、それはムリです！　絶対ムリです！　ムリー」

首を左右にブルンブルンと振る運転手に、文政の怒声が飛び、運転手の嘆願をかき消してしまう。

「やかましいわいっ、ハナクソっ！　ワシが代われと言うとんじゃい！　代わらんかい！二回目やど、こらっ！」

言わずと知れた文政ルール。彼に同じセリフを三度立て続けに言わせてはいけない。

信号が青に替わったときには、文政がハンドルを握っていた。先ほどまでの安全運転が、まるで別の車にでも変貌してしまったかのように、タクシーが凶暴な走りを見せる。

無論のこと信号は、オール無視である。

信号無視で二人と他一人が向かった先は、ミナミのあるゲーム喫茶だった。

「兄弟、うんとね。どれくらいシバき上げてええの？」

後部座席から運転席の文政にバッテツが尋ねた。

「かまへん。好きなだけ暴れたれや」

ゲーム屋が二階に入っているテナントビルの前にタクシーを急停車させると、そう言い放ち車外へと降り立った。

もちろん開け放ったドアを閉めるなんて野暮は、文政はしない。

「うんとね、うんとね、運ちゃん、帰ってええで。アメあげるわ」

ポケットから中身の入っていないアメの包みを運転手に手渡しながら、巨漢のバッテツが地上に降り立つ。もちろん、彼も開けたドアを閉めるようなことはしない。

二つのドアを開け放たれ、タクシーに取り残された運転手。料金の請求など、もうどうでも良かったのであろう。その場から急いで立ち去っていったのだった。

降り立った二人に、物陰から一人の男が駆け寄った。その男は赤いシャツを着ている。

文政ファミリーの諜報活動を一手に引き受けている「赤シャツ」だった。

「まさくん。動きはまったくありません。三人ともゲーム屋の中にいてます」

文政は無言で頷くと、テナントビルの中に姿を消した。

「あのね、あのね、帰りのタクシー拾っとってくれる？　ええやつ」

タクシーに良い悪いが、あるかは分からないが、赤シャツにそう告げると、バッテツもテナントビルの中へと入っていった。

何があったのかは分からない。ただ文政からお尋ね者となってしまっていた三人が、赤シャツの情報網に引っかかってしまったのだけは、間違いないだろう。

その後、お尋ね者はどうなったのか。

これは、私には分からない。

しかし、その現場に狂犬Nの姿がなかったところを見ると、全治3カ月の病院送り程度で済ませてもらえたのではないだろうか。

赤シャツは、その場から姿を消すとバッテツに課せられたミッション（良いタクシー）を探し出すために、夜の街へと溶け込んでいったのだった。

不良物件

大阪最凶の狂犬Nからの制裁

現在、長期服役を余儀なくされているが、Nの凶暴ぶりは尋常ではない。

受刑生活においても文政の場合、3日も手紙が届かなければ、「どいつもこいつも中おる思って舐めくさりやがって！」となるのだが、Nの場合は「ぶち殺したらなあかんの」となり、場合によっては、たったそれだけの理由で刑務官にキバを剥くのだ。

そんな狂犬Nがシャバにいたときのことだ。

大阪府の堺市には、関西の裏社会の住民なら誰もが知っているマンションが存在していた。通称、Sマンション。

Sマンションには、一般市民はまず入居しないと言われており、どの号室の入居者も、まず裏社会の人間と考えてよい。ヤクザの連絡所もあれば、武器庫と呼ばれる部屋もあり、キップ（指名手配）が回っている者の潜伏先としても利用されている。

簡単に言えば、裏社会のしかるべき人間の紹介があれば、即入居できてしまうのだ。

そういったマンションには、必ずシナモノ（覚醒剤）の商いをしている店主も入居しており、覚醒剤のパケ分けや売買などを24時間体制でおこなっていた。

そこに、品質のすこぶる悪い商品、通称「ばくだん」をつかますことで、業界から大不評をかっていた薬局があった。

なぜそうなったか、文政自身も知らないという。

ただ「Nが怒り狂いながら、特殊警棒4本を握りしめて飛び出していった」と連絡を受けて、文政たちがSマンションの一室に駆けつけたときには、すでに室内にはおびただしい量の血が飛び散っていた。その血の海の中でNが荒れ狂っていたらしい。

「アイゴ〜、だから来るの嫌やってん。おい、N、もうやめとかんかえ！　死んでまうど」

ストリートファイターKが、血だらけでぐったりと横たわる店主（覚醒剤の売人の元締め）に、ぐにゃぐにゃに曲がった特殊警棒を浴びせ続けている狂犬Nを怒鳴りつけた。

「なんや〜、ええとこに着いたやないかい。何しに来たんじゃ。このシャブ屋やったら、もう廃業したど〜！　ワレも血だらけで横になりたなかったら、よそ行け、損得勘定！」

文政より先にその部屋に辿り着いたストリートファイターKに、狂犬Nが吐き捨てた。

「アイゴチョケタ～。しゃあから、オドレは嫌いやねん。ブチ殺すど！」

と言った瞬間にNの細身な身体は、俊敏にストリートファイターKに踊りかかったかと思うと、特殊警棒を振りおろしていた。

バックステップでその警棒をかわしたKは、ためらうことなく、右ストレートをNの顔面めがけて放った。

それを今度はNが素早くかわし、左の腰のベルトに挟んでいたサバイバルナイフを抜いたところで、

「やめとかんかい！　ハナクソ！」

文政の登場となった。

狂犬Nの吊り上がった目尻が下がった。

「お～う！　まさ、来てくれたんかい。愛しとんど～」

「アイゴ～。誰がハナクソじゃい！　お前が行け言うたん違うんかえ！」

ストリートファイターKは、文政から電話があり、渋々Sマンションに来たのである。

三人は同じ中学出身の同級生だった。

「やかましいわいっ！　どうでもええんじゃい！　お前らのせいでバクチ負けてもうたやろがい！」

それはいつものことである。

文政がそう言った後、血だらけで横たわる店主の隣で、同じくむくろと化しかけた丸坊主に目を向けると表情を変えた。

「こいつ、堺のタンポンやんけ」と言いながら、思いっきり蹴り上げた後、「こんな辛気臭いとこおったら、運気が下がる。帰んど」と言って、背を向けて室内を後にしたのだった。

「きゃっあはははははは！　最高やの、まさ～」

血塗れの警棒をNは放り投げ、抜いたナイフを腰に戻した。

「辛気臭いて、お前が行け言うたんと違うんかえ」

構えていた拳をおろし、Kも文政の後に続いたのだった――。

「ケンカでゆうたら、NよりKのほうが断然強い。でも、殺し合いになったらNのほうが上や」

文政がこの話を私にしたとき、２人のことを、彼はこう話していた。

そのＮの社会復帰が近づいている。いくら長期にわたった受刑生活だったとはいえ、刑務官の矯正くらいでは、狂犬Ｎの気性は変えられないだろう。

「まさくんもいてへんし、Ｎが戻ってきて、何も起こらんかったら、ええのやけどな」

車上荒らしのスペシャリスト、まっちゃんは車上荒らしをしながら、最近、しょっちゅうそんな心配をしているらしい。

たまには、自分の将来の心配も必要ではないかと思うのだが……。

女の愛し方

このメンタ、ワシに惚れとんのや

塀の中では、次から次に新しく縁を結んだ若い衆や舎弟を連れているのだが、社会で暮らしているときの文政は、いつも違う女性を連れている。

女性を紹介するときは、照れくさささなんてものは微塵も見せずに、決まってこう口にする。

「このメンタ（女性）、ワシに惚れとんのや」と。

この際の、紹介された女性が取るリアクションは様々だが、文政には関係ない。「ワシに惚れとんのや」と言えば、「惚れとんのや」なのである。

そして、毎回、連れている女性たちは、決まって美しい。その中でも、特に目を惹いたのが、あの女性ではなかったか――。

あれは夏が過ぎ去り、秋の香りが朝晩に鼻をかすめ始めた頃のことだった。

その日、私は前日に起きたトラブルの事後処理に追われ、寝不足のまま、ホウホウのていで家路についた。

帰宅後、熱いシャワーを疲れきった身体に浴びせかけると、ベッドに潜り込み、あとは泥のように眠るはずであった。

枕元で警戒なリズムのメロディーが流れた。液晶画面に目を落とすと、居酒屋バーを任せている義理の弟のロキであった。

ホスト上がりの彼は、細身で綺麗な顔立ちをしているのだが、責任感などといったものはまったく持ち合わせていなかった。

「なんやねん、儲かっとんのか？」

基本、ロキには、儲かり過ぎたとき以外は電話を鳴らさぬように告げていた。

「いえ、まったくです！　今日の売り上げ、まだ３８００円ですぅ！」

彼は私に怒鳴り上げられたいのであろうか。導火線に火が点いた。

「ほなら、なんのようじゃ！」

「はっ！　すんません！　ごめんなさいですぅ！　実は――」

と言いかけたところで、電話の相手が変わった。

「兄弟、あんま、やいのやいの言うたるなよ～」

文政であった。彼がロキに、私に電話をするように言ったようであった。

「兄弟、そないなことどうでもええから、はよ来たれよ。ワシずっと待っとるがな」

彼は間違いなく「待って」などいない。今、来たばかりに決まっている。

「なんや兄弟、来とったんかいな～。すぐ行くわ」

私は電話を切ると、軽装な格好に着替え、家を出たのだった。

「おお～！　兄弟！　こっちやこっち！」

店のドアを開けると、文政が手を上げた。

「こっちやこっち」と言っても、店内には文政と彼の連れの女性しか座っていない。手を上げて大声を上げなくとも分かる。

クスッと笑いながら、文政の横に腰をおろした。挨拶だけは一丁前のロキが「兄さん、ご苦労さまです」と言って、冷えたお茶を差し出した。

それを口にする間もなく、文政が口を開いた。

「兄弟、紹介しとくわ。こいつ、ワシに惚れとんのや」

どこの誰とも言わない。それはいつものことであった。文政に紹介された彼女がクスクスッと文政の横で笑っている。

その横顔、その仕草には、どこか人を惹きつけるような印象があった。オーラと呼べば良いのだろうか。彼女の横顔を見ながら、そんなことを考えていると、

「なんどい、兄弟。今、ロキから聞いたけど、本部の補佐に上がったらしいやんけ」

文政がそれを遮断させた。

「なんや兄弟、珍しいな。ヤクザに興味出てきたんか？」

文政がヤクザの肩書きなどを口にするのは、実に珍しいことであった。

「いや、まったく興味あらへん。ただ、兄弟にはもっと出世してもうてな、ワシがバンバン兄弟の名前つこたろ思とんのや」

多分、ろくなことは考えていない。

「怖いこと言わんとって」と言うと、「冗談やがな」と笑いながら、文政はロキにデンモク（カラオケのリモコン）を持ってこさせた。

文政のいつも通りの美声が、店内に響く。

それは、いつも通りの光景であった。

そう、いつも通りの……。


ひどく印象に残った彼女であったのだが、次に見かけたのもこの店であった。ただ、彼女はカウンターに腰かけていなかった。

テレビ画面の向こうから、こちらに向かい頭を下げて挨拶をしていたのだ。

「おいっ！　あれっ！　前に兄弟が連れてた子やないか！」

私の大声にハッとしたロキも、テレビに視線を向ける。向けた視線には、彼女とは似ても似つかぬおばはんに切り替わっていた。

「ほんまですわ！　あのときに、サトシさんが連れていた人で間違いないですぅ！」

間違いだらけである。私は文政のことを言っているのだ。サトシのブラザーのことなど言っていない。そもそも「あのとき」とはどのときのことであろうか。

ロキは、その後も感心したように大袈裟に頷いて、テレビに映るおばはんに釘づけになっていた。彼は何に感心しているのであろうか。

後日、文政に尋ねると、「誰のこと言うとんねん」と、彼は彼で覚えていなかった。

もしかしたら、あの日の出来事は、泥のような眠りの中でみた夢だったのであろうか。

実際には店にも行っておらず、ただ疲れ果てた身体を自宅のベッドに横たえていただけだったのだろうか。

そもそも、あまりテレビを観ない私は、その後、彼女の姿を1度も観ていない。

やはり夢だったのだろうか。……というよりも、文政くらいは、しっかり覚えていてくれよ、である。

悪夢、再び

文政再生工場の唯一の汚点

どんな社会不適合者でも、ミッションを無理やり与えることで、一人前の犯罪者に育て上げてしまう「文政再生工場」。

そんな社会に損失を与え続けている文政再生工場で、ただ一人再生しきれなかった男がいる。その名はカン太。あらゆる荒事には向かず、車上荒らしのスペシャリスト、まっちゃんの見張りも務まらず、忽然と消息を絶ったままであった。

いや、絶ってくれたはずであったのだが……。

ある日の夕刻であった。食卓に並べられたナポリタンを頬張っていると、けたたましい唸りを上げて、携帯電話が鳴り響いた。

動物的直感というのだろうか。瞬時に喜ばしい報せではないと、なぜだか分かった。

嫌な予感を覚えながら、携帯電話の画面に目を落とすと、ホワイトブッチャーの文字が踊っている。

我が部下とはいえ、基本的にブッチャーからの電話は、5回に1度くらいの割合でしか出ないと決めていた。なぜか。ろくなことがないからである。

胸騒ぎは頂点に達していたのだが、私の拒否反応とは裏腹に、指が勝手に通話ボタンをタップしてしまっていた。まるで呪いにかけられたような、何か見えない力が働いたと言わざるを得ない。

「兄貴でっか！　兄貴ですわな！　今どこいてまんねん！」

嫌な予感が的中していることを瞬時に察した私は、頬張っていた口の中のナポリタンを水で流し込み、藪から棒なブッチャーの質問に答えた。

「出張で東北に来てる」

はっきりとブッチャーが舌打ちを打ったのが、受話器の向こうから聞こえてきた。

「チィ……東北いてまんのか？　ま、よろしいわ。実は今、横にカン太がいてまんねん！」

カン太？？？カン太……。　カン太あぁぁぁーっっっっ!!!

脳裏におぞましい記憶が蘇る。文政再生工場に、唯一の汚点を刻み込んだ男。呪いのカン太。そう言えば、そもそもの元凶はブッチャーであった。こやつが、ヤクザをやりたいと言っていると、カン太を連れてきたのが、全ての始まりであった。

私は思わず、通話終了ボタンを叩こうとした。

「兄貴！　切ったらあきまへんで！」

それを察知したように、ブッチャーのダミ声が私の鼓膜を震わせた。

「兄貴、あんね、今日、カン太が名古屋刑務所から出所してきたらしいねんけどね。その足でワシのところ来よりましてね、とにかく代わりますよって」

まくし立てるように早口でブッチャーは告げると、悪夢が再び幕を開けた。

「親父……親父…長い間の……長い間の親不孝をお赦しください……」

カン太だった。カン太はなぜか泣いていた。確実にバージョンアップされているではないか。

「これからは……これからは親父のため――」

金縛りにあっていた人差し指が、通話終了ボタンを叩いた。返す刀で電源を落とす。

カン太は文政再生工場から、自ら消えたのではなかったのだ。

私も文政も、忽然と姿を消してくれたもんだと安堵していたのだが、今の会話を聞いていると、カン太はなんらかの理由で逮捕され、刑務所へと送られていたのだ。

で、今日出所してきた、と。

そして、その足でブッチャーを訪ねていったのだ。ブッチャーの慌てふためきようが理解できた。

前回の対戦で、完膚なきまでに倒されてしまった霊媒師の先生（文政）は、現在、社会不在を余儀なくされてしまっている。

しかし、もしも仮に社会で自由を謳歌していたとしても、カン太とのリベンジは望まぬだろう。

私の電話ですら、「カン太が――」と言えば、着信拒否するはずである。カン太には、そこまでの破壊力があった。

私は、カン太の見かけ倒しの鋭い目つきを思い出しながら、当分はブッチャーと関わらないことを固く誓ったのであった。

すっかり、皿の上のナポリタンは冷め果てていた。

もしかして、これもカン太の呪いであろうか……。

筋トレと軟骨

ステゴロキング、バッテツ見参

ステゴロキング、バッテツはティラノサウルス並みの肉食だったりする。

アルコールが入ると軟骨の唐揚げしか食べないので、「バッテツは軟骨以外食わないのか？」と思われがちであるが、肉ならなんでもござれなのである。というか、シャバでは徹底して肉しか食わない。

肉と筋トレが、バッテツにはワンセットなのである。

その点、文政は違う。食に対して、好き嫌いがまったくないのだ。彼には、朝からカレーは重いとか、焼き肉は朝からキツいとかいう胃袋は備わっていない。

食べたいものを食べたいときに好きなように喰らう。それだけなのである。

食に好き嫌いがない文政。肉しか食わないバッテツ。この二人が同時に腹を空かすとどうなるか。

「あのね、あのね、兄弟、バクチそのへんにして、焼き肉でも行かへん？」

ミナ！　とドスの効いた声で叫び、サイコロの目をまったく無視して、盆の上に積まれた万札を懐にねじ込むと、「そうやの」と言って、文政が立ち上がった。

「どこの焼き肉行くねん」

ハンドルを握る文政が、助手席のバッテツに尋ねた。

「う～んとね。軟骨出すとこ行こ、兄弟」

バッテツが答えると、文政の携帯が鳴った。

「なんじゃい！」

文政が電話に出る。文政の声に電話の向こうの主は、かなりご立腹のようである。

「ボケかコラ！　金貸すんやったら、やった気で貸さんかい！」

察するに、借金の取り立ての電話。文政に「金を返せ！」と言ってきているのだ。

たが、それは、文政の言う通りである。人に金を貸すときには、あげるくらいの気持ちで貸さなければならない。

特に文政には、である。

「何こら！　よっしゃ、オドレよう言うた。会うて話したろやないかい！　今から5分で行くさかい、鶴橋の駅前にある焼肉屋の入口でキヲツケして待っとけ！」

本来ならば、5分で文政がやってくることはない。5分どころか、2時間経とうが3時間経とうが、もっと言うと何日経っても来てくれないのである。借金の取り立ての場合は…。

だが、このときは違った。電話を切ると、文政は鶴橋へ向け、アクセルを目一杯踏み込んだ。

「兄弟、焼肉おごってくれるて？」

助手席で、電話のやり取りを聞いていたバッテツが文政に尋ねる。

どのあたりのやり取りを聞いて、焼肉をおごってくれるという発想に辿り着けたのかは、分からない。確実に文政は、そんな会話を先方としていなかった。

だけど、文政の回答は、「おう！　好きなだけ肉食うて下さい、言うとったわい」であった。

「食い放題プランやね、兄弟？」

違うだろう。

あっという間に、鶴橋の駅前にある焼肉店に着いた二人は、後から汗まみれで息急ききって現れた電話の主を遅れたことで責め立て、焼肉食い放題プランに足代と称した「侘び代」まで受け取って帰ってきている。

その後、主からの返済の催促はピタリとなくなってしまったという。

それどころか着信拒否するまでの数日間、毎日のように、バッテツから焼肉の催促が入ったのであった。

歩く情報機関

赤いシャツに緑のリュックサック

赤いシャツを年がら年中、身にまとっている情報屋。たった一人で、「情報機関」を名乗っていたとしても、それは言い過ぎではないだろう。

今回もまた、赤シャツの暗躍はある意味、無駄に群を抜いていた。和歌山の立てこもり事件が起きたときには、すでに赤シャツは現地入りしていたという。なんのために……。それは誰にも分からない。

「ヤツのオヤジが元○○会ですわ。間違ったらあきまへんで！　ヤツは二人兄弟と違いまっせ、三人兄弟でっせ！」

一瞬、（このボケは、誰に口を利いているのだと）カチンときたが、グッとこらえた。赤シャツも興奮しているのだ。場合が場合である。こういうときは仕方あるまい。

文政であれば、そんなことはまず関係なく怒声が飛ぶのだが、私は彼に比べると良心的なのである。

「あっ、それからでんな。今後の会社の経営には、ヤツの別れた嫁はんが出てきてましてん。これも結構、引っ掻きまわしてたみたいでっせ！」

でっせ、でっせと耳障りではあるが、話の腰を折ってはいけない。「だからどうしてん？」ではなく、「それは知っとる」と返した。その一言に赤シャツはムッときたのであろう。

「ほんなら、これ知ってまっか？」

そこからの赤シャツの饒舌ぶりは凄まじかった。凄まじかったのだが、赤シャツの弁舌は拍車がかかり過ぎてしまうと、歯止めを見失い、話を創作してしまう小説家気質のきらいがある。

私は得るべき情報を赤シャツから引っ張り出すと、一方的に話を打ちきった。

和歌山県で立てこもり事件があった日、赤シャツの携帯電話は鳴りっぱなしであった。主に報道関係者からであったのだが、中には私に赤シャツを紹介して欲しいと言ってきた報道関係者もいたほどだ。

だが、私は赤シャツを紹介していないし、赤シャツも誰かれかまわず情報を流さない。赤シャツの持論に、情報は生物であり、鮮度が大切だというものがある。

そんな大切な情報を赤シャツは、むやみやたらには提供してくれない。

赤シャツには、そのとき、そのときの優先順位があって、そのトップには常に文政が君臨している。

そこから、恩を売っておいたほうが良いと考えた者にしか、何も話してはくれない。その情報を上手く回しながら、赤シャツは食べて行く糧を生み出しているのであろう。

時に知り過ぎてしまい、命の瀬戸際にまで立たされながら……。

和歌山立てこもり事件も落ち着き、1カ月が過ぎていた。

私はリビングでヒカが淹れてくれたコーヒーを飲みながら、携帯ゲームに興じていた。

「なぁ！　沖ちゃん、お小遣い上げてえや！　上げろ！　上げろ！　上げろ！」

ヒカのお小遣い上げて運動も、慣れればパンクロックのようで気にならない。

ヒカのシャウトの隙間から、テーブルの上に置いていた携帯電話が作動した。

画面には、赤シャツの文字が踊る。

今日は、どんな刺激的な情報を届けてくれるのか、わくわくしながら通話ボタンを叩いた。

「はい、もしもしー」

九州男児

喧嘩無敵の腕っぷしは家系にあり

私にはホワイトブッチャーという秘密兵器がいるのだが、九州のブラザー、龍ちゃんにも九州男くんという荒くれが売りの舎弟が存在する。

九州男くんは強い。百八十を超える身長はみなぎった筋肉で覆われており、素人が束になってかかっていっても、九州男くんをひざまずかすことはできぬであろう。

それもそのはずである。彗星の如く明徳義塾に現れ、ウルトラホープと言われた朝青龍を、九州男くんは全国大会で倒しているのだ。この黒星で、朝青龍がスター街道を爆進し始めるのは1年遅れたとまで言われている。

ちなみに、九州男くんの家系は、九州男くんだけでなく、お父さんやお兄さんも力士で、お父さんは幕入りを果たして、某大横綱に初めて土をつけた力士として、今も歴史にその名を刻まれている。

お兄さんもお父さんと同じように幕入りを果たしているのだが、怒りの導火線の短い九州男くんと違い、普段は温厚で気が優しい。

優しいはずなのだが、これが酒が入ると途端に手がつけられなくなってしまい、凶暴が服をまとっているような九州男くんでも止められない。

お兄さんには、博多で起こした有名なエピソードがある。

その日、お兄さんはしたたかに酔っていた。酔って屈強な黒人二人組とケンカになってしまった。

「キサン、さっきから何を抜かしとるとね！」

英語でまくし立てていた黒人を軽く片手で持ち上げ、そのまま自動販売機に叩きつけてしまった。

それを見ていた別の黒人がすぐに飛びかかったのだが、強烈な突っ張りで顔面を張り倒され、そのままジュースの自動販売機の受け口に無理やりねじ込まれかけている。

「キサンら、こん中に入っとけ！」

黒人二人組は巨漢である。間違っても、そんなところには入らない。

繰り返すようだが、普段のお兄さんは温厚で気が優しい。

土佐犬とピッドブルの闘犬をこよなく愛しており、その関係で芸能界やヤクザ社会に太いパイプを持っていたりする。土佐犬以外にも、お兄さんは闘鶏も同じように愛していた。察するに、闘う姿が好きなのであろう。

そんなお兄さんが愛する鶏を捌いて、こんがり揚げてしまった者がいる。他でもない。九州男くんであった。

九州男くんも相撲部屋経験者で、ヤクザの部屋住みまで経験しているため、料理の腕に自信がある。

なんでも簡単に捌けてしまうのだ。それが災いしてしまったのかどうか知らないが、お兄さんの鶏まで捌いてしまったのだ。

九州男くんの話によれば、その唐揚げをお兄さんはいつになく、「うまか、うまか」と言いながら、口へと運んでいたらしい。

そして九州男くんに尋ねた。

「九州男、この唐揚げどげんしたと？　えらくうまかとね。どこで買うてきたと？」

まさか食べている唐揚げが、手塩にかけ育てた鶏だとは夢にも思っていない。

「うまかやろが！　そりゃそうたい。それ、お前の鳥たい！」

九州男くんは5メートル吹き飛ばされたらしい。暴れ狂ったお兄さんを誰も止めることはできなかったという。

「殺されるかと思うた」

と、後日になって龍ちゃんに話している九州男くんであるが、反対にしょっちゅう誰かのことを殺しかけていたりする。

だけど、兄貴分の龍ちゃんの言うことだけは、よく聞くし、反抗をしない。

龍ちゃんは、「こいつは暴力のみの男やからね」といつも嬉しそうに話している。

そんな九州男くんの最近の口癖が、「兄貴、文政さんて人は、まだ帰ってこんね？」である。

彼は、まだ文政に会ったことがないのだが、龍ちゃんから文政の話を聞くたびに、その生き様に共感しているらしい。

「お前、先週も同じこと言うとったぞ。まだたい。あと2年たい。2年後の夏に帰ってくるばい」

時代に流されぬ文政の生き様は、ある意味、刹那的かもしれない。刹那な故に、見る者を惹きつけるのだろう。

2年後の夏。裏社会に生きるアウトローたちにとっては東京オリンピックよりも熱い夏がやってくる。

光合成姉妹

みどの食いっぷりとケチっぷり

光合成姉妹の妹、みど。彼女の得意技の一つに、「焼き肉をおごってあげる」という武器がある。

私はこれまで、この得意技をたびたびくらい、何度も彼女と焼き肉屋の暖簾をくぐっていた。焼き肉屋の敷居の高さは同行者によって異なるのだが、私とお姉ちゃんのヒカが同行者に選ばれた場合は、食べ放題と決まっている。

ちなみに、文政の場合は、みどのセリフそのものも変わり、「文政〜、焼き肉食べたい！」となってしまうのだ。

そして、そのリクエストにニコニコしながら文政は応えてくれ、その代金のために、まっちゃんがヒソヒソと商いに精を出すというシステムが構築させられていた。

食べ放題であれ、みどの食べっぷりは気持ち良い。細身のクセに、誰かの悪口をつまみにしながら、次から次に口の中へと焼かれた肉を放り込んでいき、あっという間に平らげてしまうのだ。

もちろん、みどは肉を焼く、なんて野暮なことは決してしない。

散々、人に焼かしておいて、自分が食べ終えてお腹いっぱいになると、「なーっ、沖田〜、眠たいから帰ろうや〜」とまったく協調性のない言葉を悪びれることなく口にできる。

そして、会計である。みどはこんなことを口にし出す。

「みど、財布持ってきてないで！」

ちょっと鬱陶しげに口にするのだ。おごってあげると言っていたクセに。

誤解してはいけないのは、財布を忘れたのではない。ハナから持ってきていないと言っているところだ。そこに、この得意技の奥義が秘められている。

だが、この得意技は、唯一、お姉ちゃんのヒカには通用しない。

私が同行していないときに、ヒカに同じ技を使うと、「あっそうなん。やったらみど、貸しとったるな」と言われてしまうのだ。

ヒカはヒカで、非常にシビアなのである。

「ヒカは、ケチやから二人で焼き肉行くの嫌やねん」と口にするみどは、もっとどケチなのであるが。

ちょっとした祝いごとでもあると、どっから聞きつけてきたのか、必ずみどからラインが届く。

「お祝いにみどが焼き肉おごってあげる」と。

このチェーンメールを翻訳すると——お腹減ったから、焼き肉をおごってや！——と、なるのだが、私はそれを指摘できないでいる。

なぜならば、みどの機嫌を損ねると親族、特にお母さんや長女のゆまちゃんに、あることないこと、私の悪口を言いふらされてしまうからだ。

私は何度その被害を被ってきたことか。思い出しても、あれは戦慄であった。

「ごちそうさま〜！」と言うみどを、帰りは必ずマンションまで送らなければならないというオプションまでついているのだが、これを怠ると、みどの機嫌を損ね、焼き肉に連れていったのが無駄になってしまう面があったりする。

大変、難儀なのである。

そんなみどから、今日もラインが届いた。

「沖田〜！　風邪治ったらしいやん。快気祝いにみどが焼き肉おごってあげる」

私はラインを読みながら、財布の中身を確認し、節約のために禁煙でも始めるか、としばし途方に暮れたのであった。

関西裏社会の天敵

狙いし獲物は必ず狩る、通称ケムシ

赤シャツはいろいろな意味で、どこにいても目立つ。何せ赤いシャツに黒縁メガネ。極めつけは緑のリュックサックなのだから、それも仕方あるまい。

そのお陰であろう。赤シャツの職務質問率は、常人では考えもつかないほどの数字を叩き出している。

その日、赤シャツはストリートファイターKの命を受け、関西一の繁華街。ミナミに潜伏中であった。

Kからどういうミッションが下されたのかは分からないが、どうせロクなことではないのだけは確かだ。

そんなプロジェクト実施中の赤シャツに背後から声がかかった。

「おいっ！　そこのチンチクリン、神妙に停止せぇっ！」

赤シャツはムッとしながら、振り返ったが、声の主を見てサッと青ざめた。吊り上がっ

た目に薄い唇。黒髪はオールバックに撫でつけられており、右手では手錠をガチャガチャ鳴らしながら、回している。

関西の裏社会を文政という代紋を背負い、変幻自在に闊歩して見せる赤シャツにとって、天敵がいるとすれば、目の前に立つこの男ではないか。

通称、ケムシ。関西の名高い悪党たちに、暴力をもってワッパをかけてきた男である。

「おい、くそオタクっ。どうせKあたりになんぞ言われて、ろくでもないこと嗅ぎ回っとんのやろがい」

ジャリジャリと手錠がこすれる金属音を奏でながら、赤シャツの耳を摘み上げた。

「いてててててっっっ、おやっさん、そんな違いますって、いてててててっっっっ」

ケムシは、摘み上げていた赤シャツの耳をさらに引っ張り上げると、ドスの効いた低い声を出した。

「こら、あんまりワシに目障りや思わすなよ。あんまりチョロチョロしとったら、懲役から文政もバッテツも引き戻してきて再逮捕してまうど！　おう、こらっ！」

ケムシは摘み上げていた赤シャツの耳を地面に叩きつけるように手放した。

文政とバッテツに手錠をかけたのも、このケムシであった。

「ケッ、とっとと、いにさらせっ」

耳を押さえてしゃがみ込んでいた赤シャツであったが、すぐに立ち上がると闇の中へと消えていった。その後ろ姿をケムシは苦々し気に睨めつけながら、「このウジ虫どもが！」とツバと一緒に吐き捨てたのだった。

関西裏社会の守護神

保釈が欲しけりゃ金払え！ 通称シャブくろ

難易度がすこぶる高い司法試験をパスし、胸に輝くバッチをつけ、紳士たるべきはずの彼には現職中、様々な噂が取り沙汰されていた。そのバッジを大阪弁護士会から剥奪されるまで、彼の身なりはとてもじゃないが、弁護士の先生と言えるものではなかった。

そして、取り沙汰される噂も、「それホンマに弁護士のことなん？」と誰しも耳を疑ったはずだ。

「下手打って指はずさなあかんらしいど」

「あの組長怒らせて、今謹慎中や」

ヤクザならば、そんな話が飛び交っても、なんら違和感がない。だが、そういった噂の渦中にあるのが弁護士となれば話は違う。

そして、ついたアダ名が「シャブくろ」。世に悪徳弁護士と言われるあこぎな弁護士は、確かに少なくはないが、冠にシャブをつけられた弁護士はそうはいまい。

彼の得意分野は、もちろん刑事事件。専攻は保釈。こんな事件ではさすがに保釈はまず無理だろうと言われる事件でも、彼はかなりのパーセンテージで被告をシャバへと一時的に帰還させてみせた。破格の成功報酬をいただくために。

「シャブくろは、保釈とれるけど、べらぼうに高いやろ」

これは、関西の闇に生息する住人たちの彼を評した言葉だ。いや、もはや合言葉と言っても、過言ではなかったのではないか。

ただ一人を除いてなのだが……。

「くろは、ワシには気持ちでやってくれよるんや。あいつはええ男やど」

無論、文政である。金無垢のロレックスを腕に巻き、押し出しの強いヤクザファッションで面会室にやってくるシャブくろは、相手にもよりけりだが、大概の場合は面倒くささそうに、まず金の話から始める。

そんなシャブくろなのに、文政がパクられたとの一報が闇社会の住人たちの間に駆け抜けると、居留守や着信拒否といった技を駆使し、雲隠れしてみせていた。

だが、すぐに歩く情報機関、赤シャツの追跡が入り、文政が留置されている警察署の面会室に連れてこられてしまうのだ。

もちろん、金無垢のロレックスを外し、ヨレヨレのスーツに着替えて……。

さすがは弁護士である。頭は良い。普段のなりで、文政の前に現れてみろ。それが留置場の面会室であったとしても、

「ちょっとそのロレックス差し入れしとってくれや、のう！」

と言われるのが分かっているのだ。で、次に面会に来た者に無理やりに売りつけられてしまう。

その点、シャブくろは弁護士である。頭は悪くない。そして、渋々ながらも弁護を引き受けさせられるのであった。

一時は飛ぶ鳥を落とす勢いで関西の裏社会を駆け抜けたシャブくろも、弁護士資格を剥奪されてからは当時の馬力は消え失せてしまい、今では普通のおっちゃんとなり、「余生を静かに暮らしている」と赤シャツは話す。

てか、なんでお前、そんなん知ってんねん、と思ったけれど、長くなりそうなんで、私は口には出さず、「で、最近の裏事情どないやねん？」と問いかけたのであった。

第二章

尼崎最強伝説篇

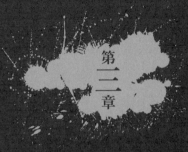

小口のギャンブラー

バジリスク
みどの運命は

彼は博打打ちである。

どんな大事な金であろうと、人様からの預かりものであろうとも、なんの躊躇も見せずに博打に大金を張ることができてしまう。そう文政は正真正銘の博打打ちなのである。

だが、彼女もまた生粋のギャンブラーと言えるだろう。文政から比べると、えらく小口となってしまうのだが、彼女とて博打打ちと呼ばれても差し支えない。と言うかスロットが実生活の中に浸透してしまっている。

名前はみど。そう光合成姉妹の妹のほうである。

仮に、スロットと入籍することができるとするならば、彼女がハマっている台から姓をもらって「バジリスクみど」となるかもしれない。

「ヒカが電話に出やんから、切れてスロット行って、2万3000円負けましたわ」

なんて電話を、みどはお姉ちゃんのヒカにしょっちゅうかけている。無論、ヒカが電話に出ようが出まいが、一切関係はなくスロットへ行くのだが……。

「もう、みど、あかんて言うてるやん。スロットやめやっ」

さすがはヒカ。そこはお姉ちゃんである。毎日、毎日、せっせとパチンコ屋に通う妹を案じて、みどを諭してみせるのだ。そう言って、ヒカは電話を切ると再びどこかに電話をかけ始める。

「ママ、みどがまたスロット行って2万3000円負けましたわとか言うてるで！ もう病気！ 病気！ 病気！」

嬉しそうにお母さんに電話を入れるのだ。みどのことを案じているのではなかった。どちらかと言うと、負けたことを喜んでいるようにしか見えない。

お母さんへの告げ口は、決して、みどだけの得意技ではなかったのだ。

そんなみどだが、負けっぱなしという訳ではない。時折、勝って帰ってくることもあるのだ。しかも、スロットの額にしては結構、破格の勝ちを手にして帰ってくるなんてこともあったりする。

「あんな、沖田！ 聞いて、聞いて！ 今日20万出したで！」

大勝ちすると必ず私の携帯電話が鳴り、自慢話が始まる。負けたときはヒカで、勝ったときは私、と、みどの中で設定されているのであろう。

「そんな勝ったんやったら、靴ぐらい買ってくれや」

と言うのだが、たいがい、私の話を聞いていない。

「初めからあの台は良い気がしていた」だの、みどは引きが強いだのと延々、気が済むまで話を聞かされて、電話を切られてしまうのだ。

要するに、ヒカなら話を気の済むまで聞いてくれないから、私にターゲットを絞っているだけなのであろう。

「結局、全ては引きやねん。引きが全て。沖田はやめときな！　ここ一番の引きがないもんっ」

大きなお世話である。と言うか、あの台がどうのこうの言うとるやないかっ、と思うのだが、長くなるので決して口には出さない。

「気いつけていけよっ」

「オッケー！」と言いながら、今日も愛すべきバジリスクに挑むみどなのであった。

五輪候補

現役時代の上司は喧嘩最強神話の持ち主

ステゴロキングのバッテツもストリートファイターKも確かにケンカをさせれば無敵を誇る。

だが、私の地元・尼崎にもケンカをすれば、最強と言われる人物が存在している。

私の同じ小中学校の2つ上の先輩となり、現役時代の上司にあたる。全身鍛え抜かれた体躯には、胸で割れた龍が激しく舞っており、それだけでも見る者全てを唸らせた。

それもそのはずである。中学を卒業するとレスリングでオリンピックを目指すために、高校は関東の名門校に進学し、大学時代には全日本4位の成績を残して、オリンピック候補にまで選ばれているのだ。

そりゃ体躯を見て、誰しもが尻込みして当たり前であろう。

その学生時代の後輩となるのが、レスリングから総合格闘技に転向し、一躍名を馳せたYなのである。負けん気が強かったYでさえ、私の上司の目の前に立てば、キヲツケの姿勢を微塵も崩さなかったという。

Yが龍のタトゥーを入れたときには、恩師から私の上司は頼まれ、Yにこう注意したという。

「おいっ、お前、足になんやおもろいもん、入れとるらしいやんけ。笑かしとったらあかんど」

それには伏線となるような出来事も多数あった。その頃のYのやんちゃぶりは、いかんせん腕力がある分、度を超えてしまっていた。

その勢いで、当時現役の人間を手にかけてしまい、トランクに詰め込んでしまうという大事件を起こしてしまうのだ。

組織に対して、個人の腕力だけで敵うはずがない。そして、回り回って相談を受けたのが、私の上司なのである。

幸いにもこじれることなく、話は丸く収まったのだが、その際に恩師からお灸を据える意味でも「注意して欲しい」と言われたのだった。

そこからのYのレスリング界の飛躍ぶりは、私がわざわざ語らなくとも、世間の知るところであろう。

もしも、私の上司がレスリングをするために関東に渡っていなければ、尼崎の暴走族中心の不良地図は完全に塗り替えられていただろうと言われている。

関東から尼崎に舞い戻った私の上司は、その後、渡世に身を投じ、右翼団体を発足させると、瞬く間にプラチナ組織のＮＯ２に駆け上がっていったのであった。

文武両道

最強神話は喧嘩のみならず

現役時代の私の上司はこれまで数々のミラクルを巻き起こし、シャバへと帰還を果たしてきた。

そのミラクルの序章が幕を開けたのは、上司がまだ若頭の席に座るより以前、鬼の大阪府警と対峙させられたときであった。

「よっしゃ！　黙秘貫くねんな！　お前もレスリングやってたらしいやんけ、ワシに下手打たすんやったら、屋上で延々懸垂じゃ！」

まったく意味不明な挑発を運動バカな取調官に投げつけられた私の上司は、取調室から警察署の屋上に連行されることになってしまった。

そこには、懸垂棒が備えつけられていたという。

骨太の運動バカはひょいと先にその懸垂棒につかまると、私の上司にも同じように懸垂するように促した。

「勝負しちゃる！」

得てして、大阪府警のマル暴は言葉の端々に、広島弁をミックスさせるという習性を持っている。

上司は顔色一つ変えることなく、懸垂棒にぶら下がると黙って懸垂を始めた。

「おっ！　なんなら、ワシに勝てると思とんのかっ！　ふんっ！　ふんっ！　ふんっ！　ふんっ！」

運動バカも慌てて懸垂を始めた。懸垂を強要するだけあって、運動バカも学生時代にはそれなりにスポーツで鳴らしたという自負があったのであろう。

だが、相手がオリンピック候補に選ばれたことがある経歴の持ち主であることに気づいていなかった。

数分後、懸垂棒を離し、その場で息を切らせてうずくまった運動バカは、まだ黙々と懸垂をやり続ける私の上司を見上げたのだった。

「ハッ、ハッ……ハッ。なんならっ？　お前は……」

月明かりの中、その後も上司は懸垂を続けていたのだった。

この出来事で府警を躍起にさせた訳ではないだろうが、結局このとき、上司は起訴されて裁判で1年間、闘うことになってしまう。

そして、言い渡された判決はなんと無罪だったのだ。現役のヤクザに無罪が言い渡されたのだ。これがどれだけの快挙か、裏社会の住民なら誰でも理解できるだろう。

だが、他でもない上司にとっては、それは当たり前の出来事に過ぎなかった。なぜなら上司は某大学の法学部出身だったのだ。法の知識では下手な弁護士なんかよりもはるかに上回っていたからだった。

この釈放後に二次団体の若頭に就任するのだが、顔を潰された形となってしまった当局サイドはそこから躍起になって、私の上司であるカシラを逮捕し続けた。

その数、なんと8回。どうにかしてでもカシラを塀の向こうに送ろうとしているのが、逮捕回数からも見てとれた。どんな微罪でも、とにかくカシラを引っ張った。でも、カシラはそのたびにパイで釈放されて帰ってきた。

「さすが、カシラ。やっぱり知識が違いまんな」

と口にしていた事務所の人間も、それが何度も続き始めると、ミラクルを意識するようになっていた。

それを決定づけたのが、８度目の逮捕となったときであった。

このとき、カシラは執念の起訴に持ち込まれ、裁判にかけられてしまったのだ。

そのバトンを警察から託された検察も、カシラの経歴を意識しているかのように、外堀という外堀を埋め尽くして、実刑に持ち込もうと執念を燃やした。

結果、カシラに言い渡された判決は、無罪でも執行猶予でもなく実刑であった。

傍聴席に座る私も、さすがにミラクルは起きんかったかと、ため息をついたのだが、実刑を言い渡されたカシラはまったく表情を変えることなく、淡々としているように見えた。

そして即日、控訴の手続きを取ると裁判の舞台を高裁へと移したのだった。

裁判は終わっていないとはいえ、一審で実刑が言い渡されてしまった以上、誰しも懲役は避けられぬと諦めていた。

だが、カシラは帰ってきた。執行猶予を高裁で勝ち取って帰ってきたのだ。

そして私に向かい「ミラクルやろ?」と言いながら、ニヤリと笑ったのだった。

逮捕されると、もれなく懲役が必ずついてくる文政は、このことを知ると「ワシもちょっと兄弟のところのカシラにご教示願わないかんわ」と感服したのであった。
カシラが巻き起こしたミラクルは、今でも関係者の間で語り継がれている。

オカンの嘆き
面白いのにな、なんで売れへんの

刑務官と大阪府警の質の悪さは今に始まったことではない。

でも、看護婦から女性でも看護師と名を変えた彼女たちの院内での傲慢ぶりは、あまり知られてないのではないだろうか。

「よっしゃ！　ワシが3日入院して、愛したろかいっ」

看護師の質の低下ぶりを文政に嘆けば、彼はそう言って病院を愛の巣に変えかねないのだが、残念ながら彼は現在、塀の中である。

あることがきっかけで、どうしてもその変質ぶりをナイチンゲールさんの代わりに嘆かないと気が済まなくなってしまった私は、オカンに電話することにしたのであった。

「あんた何言うてんの。そんなん前からやんか。だからお父さんが入院してたときは、高くてもお金払って個室に入って、お母さんが病室に泊まり込んでたんやないのっ」

私はそのとき、シャバにはいない。だから、そのときのオカンの苦労をまったく知らなかった。看護師の質の低下ぶりを嘆く前に、私の過去のボンクラ具合を嘆くほうが先であった。

そんなオカンからはしょっちゅう、電話が鳴る。

雪が降れば「ヒカちゃんに車、気いつけて運転せなあかんでって言うときや。あの子すぐどこまでも行ってしまうからなっ」と言い、雨が降れば「ヒカちゃんに傘持って出かけるように言いや。あの子、傘持たんとどこまでも行ってまうからなっ」と、電話が鳴る。

オカンはたいがい「どっからどう読んでも、文政くん面白いのになっ。なんであんまり売れへんのっ?」と私に言っても仕方ないことを平気で嘆くのだが、無論、文政とオカンは知り合いである。

「文政くん、コーヒー砂糖多めでええんやな〜」

「さすが、兄弟のオモニや。ようワシのこと知ってるわ。ばさーっとようさん入れたってて〜」

文政いわくブラックコーヒーを好む人間は「兄弟、あれは我慢してかっこつけとんのやどっ」となり、彼の前でブラックコーヒーを頼むと「ムリすな、どアホっ」と砂糖をてんこ盛り入れられてしまうのである。

これも関西の裏社会では当たり前の常識事項である。

「文政くんの本、どっから読んでも面白いのに、なんであんまり売れへんのやろなっ」

今日もそのことを嘆く、オカンであった。

兄弟ゲンカ

こうちゃんが迎えた最悪の結末

こうちゃんと私が初めて顔を合わせたのは、15歳のときだった。

身長はすらっと高く、黒髪のセンター分け。目がひどく悪いらしく度のきついメガネをかけていた。

学年で言えば、こうちゃんは私の1つ上になった。

こうちゃんは不良と言う訳ではない。普通に公立の高校に通っていた。だけど、ケンカが滅法強いことと、お父さんが右翼団体に所属していたことで、地元では少し知られた存在だった。

余談だが、こうちゃんのお父さんが所属した右翼団体こそ、島田紳助のテレビでの発言に腹を立て、抗議の街宣活動を展開させた右翼団体である。

こうちゃんは暴走族ではなかったけれど、私たちの溜まり場にはよく顔を出していたので、自然と私も話をするようになっていた。だけど、特別親しい間柄という訳でもなく、会えば話をする程度の関係であった。

そんな関係が2、3年続いたが、その後は顔を合わすことはなかった。そんなこうちゃんと次に再会を果たすことになったのは、地元の拘置所の中であった。お互いハタチを過ぎていた。

「こうちゃんやんっ！　どうしたんっ？　えらいやつれて、最初分からへんかったでっ」

「うんっ……」

その頃のこうちゃんは、どっぷりと覚醒剤にハマってしまっていた。

そして十代の頃、ケンカの強さで名を馳せた男は、「昔はあいつもケンカ強かってんで」という呼ばれ方に変わってしまっていた。

判決の日。中での規則正しい生活で鋭気を取り戻したこうちゃんは、私にこんなことを言っていた。

「ダブル執行（＝執行猶予中の執行猶予判決）取れて、もし今日帰れたら、シャブも辞めて、今の彼女と結婚しようと思ってるねん。実家で兄貴にこれ以上、迷惑かけられへんからさ」

私は自身の境遇に比べて、少し羨ましく感じながらこう返した。

「そうやで、そうしいや。オレは当分、シャバに帰られへんけど、こうちゃんは頑張らなっ」

これがこうちゃんと最後の会話になってしまった。

「もしもし、沖ちゃん。ニュース観た？」

同級生のしんちゃんから電話がかかってくるまで、こうちゃんのことを私はすっかり忘れてしまっていた。

「昨日、実家でお兄ちゃん殺そうとして包丁取り出したらしいねんけど、その包丁を逆にお兄ちゃんに奪われて滅多刺しにされて、こうちゃん死んでもうたわ」

結局、こうちゃんは覚醒剤という泥沼から抜け出すことができず、その泥沼で溺れ続けた。

それに疲れ切ってしまった、こうちゃんのお兄ちゃんがこうちゃんの人生に終止符を打ったのだ。

こうちゃんはあのとき、言っていた。

「実家で兄貴にこれ以上、迷惑かけられへんからさ」

私は携帯電話を耳にあてながら、なんとも言えない虚無感に襲われていた。

こうちゃんはあのとき、結局、ダブル執行をもらえず懲役に行くことになってしまった。

もしあのとき、シャバに帰れていれば、もしかしたら何かが変わっていたのだろうか。

虚無感の中で、私はそう思わずにはおれなかった。

同窓会

いつまで経っても全員揃わない

地元はどこかと尋ねられると、尼崎の住民は「兵庫です」とは答えず、決まって「尼ですわ！」と返すのだが、たいがいはそれで相手に通じてしまう特異性のある街、それが尼崎なのである。

その尼崎にあって、非常に上品な地域が塚口という場所だ。

私の地元だ。異論は聞かぬ。

そんな塚口で一番古い同級生、英樹と英樹の奥さん、さゆりちゃんが経営しているカフェで紅茶なんかを飲んじゃったりしてるときの話だ。

「そう言えば、あれやな、オレらの歳って中学卒業してから全員シャバで揃ったことないでな」

サンドイッチを頬張りながら、こんなことを英樹が言い出した。

「そうやったっけっ」

と、のんびり答えながら思い返してみると、確かにそうである。中学2年で少年院の扉を叩いた悪友を皮切りに、誰かが必ず塀の中へと落ちていた。

唯一、顔を揃えたのが中学の卒業式くらいではなかったか。

そして、ぶっちぎりで私の在監歴がトップに君臨していたのであるが、ついにその座を奪う猛者が登場してしまった。

「太郎は今度いつ帰ってくるんやろな～」

綺麗にサンドイッチを食べ終えた英樹が呟くのに対して、私は太郎のことを思い出しながら「知らん。平成が終わるまでには帰ってくるんちゃうん」と答え、残りの紅茶を一気に飲み干したのであった。

太郎。名字は懲役。もちろん通称名であるのだが、ヤツほど懲役太郎の称号が似合う男もそうはいまい。

前刑の務めまで、私は何かと太郎の世話を焼いた。太郎の出所にはもちろん迎えに行ったし、受刑中もずっと手紙のやり取りや差し入れを続けていた。

もともとは太郎も私と同じ組織でヤクザをやっていて、前々刑から出所したときなどは、

本部の直参に上がっていた私に対して、

「沖ちゃん、組名乗りしいや。オレが沖ちゃん立てて盛り上げるから！」

と言ってたくらいなので、一応、太郎なりに私には感謝していたと思う。でも、私はまったく太郎のことをアテにしてなかったので、

「オレはそんな器やないで。それより太郎もこの際、カタギになって真面目にやったらどないや」

と言ったのだが、太郎にはまったく意味が通じていなかった。

「そうやな、コシャ（小さい）なことやめて、キロでシャブを捌いて大儲けでもせなあかんわなっ」

そんなツテもないのに、太郎は鼻息ばかり荒くするのである。それでも、私は懲りずに太郎の職探しにお節介を焼き続けた。

だが、ことごとく長くは続かない。というか、当日の朝になると連絡がつかなくなるのだ。そして、夕方になるとひょっこり電話をかけてきて、こう言うのだ。

「ごめんな。沖ちゃんの顔潰して。ピンハネしそこなってもうたな～」

確かに、私はしがないヤクザであった。ヤクザで大金をつかんだこともない。だけど、同級生に仕事を紹介したからといって、それを跳ねるほど、落ちぶれてはいない。

そういうことが何度か続いていい加減、頭に来た私は「そうか、裏社会で生きるんやな」となり、どうせ「闇に生きるんやったら、メジャーに生きさらせ！」と〝名監督〟に連絡を入れることにしたのであった。

「ふむふむ、それはあれやど、踏み込むときのフォームがあかんのや！　それさえ修正すればデッドボールくらいは狙える」

事情を聞いた〝名監督〟はそう言って、電話を切ると、10分足らずでやってきた。

そう、文政である。

最初、太郎は文政を見て、まるでジャニーズファンの女性陣が嵐にでもあったかのようにキャッキャッ、キャッキャッと喜んだ。確かに、文政は裏社会に生息する住民にとってアイドルだ。草野球チームの補欠の太郎がはしゃぐのもムリはない。

私は、はしゃぐ太郎を見送りながら、「立派にしてもらえよ」と呟くと、そっと肩の荷をおろしたのだった。

いや、おろしたつもりであった。だが決してそうはならなかった。一時間後――。

「沖ちゃん！　住む世界が違い過ぎるわ～！」

太郎からの着信だった。私は呆れ返りながら、太郎を迎えに行ったのであった。

文政はと言うと「みなーっ！」とドスを効かせてサイコロを転がし、すっかり太郎の存在を忘れきってしまっていたのだった。

そして、1カ月後、太郎は社会見学を済ませると我が家へと帰って行ってしまった。

「もうオレもコシャなことはやめて、今度出たらキロで捌いて大儲けでもするわっ！」

留置場の面会室。アクリル板の向こうで、まくし立てる太郎を見ながら、私は「そうなん。頑張りや」と答え、面会室を後にしたのであった。

それ以降、太郎とは会っていない。6度目となる懲役をどこで務めているかも知らない。

でも、もしかしたら太郎にとって、シャバよりも塀の中のほうが実は住み良いのではないか、と最近になって思うようになってきた。

「住む世界が違い過ぎるわ～！」

太郎がいる限り、シャバで私たち同級生が全員揃うことは多分叶わないであろう。

文政の謹慎

謹慎してると思っているのは本人だけ

現役当時、文政は私の顔を見るたびに、こんなことを口にしていた。

「兄弟は、当番に情熱燃やしとるから、ええの。好きなことして生きていけて、羨ましいわ」

どこぞの世界に事務所当番に情熱を捧げて生きてるヤツがいとるのだ。

確かに、文政に誤解を招くような電話を2度ほど入れてしまったこともなくはない。

「兄弟、今、名古屋の本家当番入ってるで！」

「兄弟、責任者でガレージ当番きとるから、オレだけスーツにチェーンまいて入ってんで！」

初めて経験する当番の際には、浮かれてこんな電話を入れてしまったことも確かにある。

が、それが何度も続くと、そういう訳にはいかなくなってしまうのが人間というものではないだろうか。

なのに、彼はそんな実情は一切、理解してくれやしない。

「ホンマ兄弟は当番が好きやからの。今度から職業欄に当番と書いたったらどないや」

まったく笑えないことを言ってくるのであった。

そんな彼も過去にたった一度だけ当番に入るハメになったことがあった。理由はドえらい大物とバッティングしてしまい、罰として一日だけ謹慎という名の当番に入ることになってしまったのだ。

ほう～、兄弟も一日だけとはいえ、そんなことができんのやと思っていると、なぜか途中から私の所属していた本部にやってきて、直参専用のソファーにどかりと座り、部屋住みが淹れたお茶をすすり始めたのだ。

「おぅ、ご苦労さん。この茶菓子なかなかいけるやないか、お代わりくれるか？」

「兄弟あんな、当番言うても、どこの事務所でもええいうわけと違うねんで」

私は呆れて、そう言ったのだが、文政は意にも介さずなのである。

「何を言うとんねん。兄弟かて名古屋行ったり、神戸行ったり当番巡りしとるやないか」

と言いながら、お代わりの茶菓子を頬張っている。そして、5分も経つとこんなことを口走り始めるのだ。

「案外、当番て退屈やでの。ちょっとスマンけど兄弟、上がらせてもうてええか。ワシこの後、ケジメとりに行かんとあかんのや」

彼は当番どころか謹慎の意味も理解していなかったらしい。

そして、ソファーから立ち上がると「もう兄弟、ワシは二度と当番なんて入らへんどっ」と言い残し、そのまま帰ってしまったのであった。

本人が宣言する通り、そのほうが良い。

帰るだけならまだしも、彼が当番へと入っただけで、何が起こるか分からない。

ともかく、これで本当に当番を務め上げたかどうかは分からないが、翌日、無事に文政の謹慎が明けたのであった。

包丁が降る街

チャリパクとパンチパーマのおばはん

紳士淑女が住む尼崎であっても、物騒な地域もある。いや、そんな地域もあった。今では閑静な住宅街に様変わりしてしまったXという街は、すっかり鳴りを潜めてしまっているが、以前はそりゃ凄かった。

中でもXにある団地の前に車でも路駐しようものなら、車内の荷物は全てなくなり、タイヤのホイールは剥がされ、それだけでは飽き足らず、フロントガラスまでパリンっと割っていただけるサービスがつけられたものであった。

とりわけ県外ナンバーには手厳しく、多種多彩の様々なオプションがついてきて、車の原型がなくなるほどだった。

「Xかいな。ワシもあそこの団地を待機場所にしとったからの」

と語る文政という治外法権を除いて、なのだが……。

その団地に果敢にも挑み、チャリンコをパクろうとした男がいた。

その男の名は、たかちゃん。私の幼馴染みである。

あれは、たかちゃんが中学1年生の頃。たまたま迷い込んでしまったXで、歩いて帰るのが面倒くさくなってしまった。そんなたかちゃんの目に止まったのが、鍵つきの自転車だった。

なんの躊躇もなく、たかちゃんはそのチャリンコに乗って帰ることを決めた。

ひょいとチャリンコにまたがった瞬間、たかちゃんの顔すれすれに何かが落下してきたという。

派手な音を立て地面で木っ端微塵になっているのは植木鉢。

思わず団地を見上げると、3階の窓からパンチパーマのおばはんが身を乗り出し、植木鉢を持っていたらしいのだ。2発目を投下するつもりであったのは間違いない。

「待て！　クソガキっ!!!」

と叫ぶおばはんの怒声を背に受けて、たかちゃんは一目散に駆けた。駆けまくった。

息を切らしながら、チャリンコに乗って帰るよりも早く家路に辿り着いてしまった。そんなたかちゃんであったが、私たちのグループの中では気合いが入っていた。

「沖ちゃん、もう一回行ってくるわっ」

拳を握りしめて私に宣言すると、翌日またもや単身で団地に乗り込んで……。いや、正確にはチャリンコをパクりに行ってしまったのだ。

前回が不可抗力なら、今回は確信犯。たかちゃんの背中は、まるで戦場へと向かうソルジャーであった。

5分後、ソルジャーは叫びながら逃げ帰ってきた。

「包丁！ 包丁！ 包丁が降ってきたっ!!!」

思わず私もその場から逃げ出してしまった。

植木鉢の次は、包丁である。チャリパクでババアは人でも殺す気だったのであろうか。

この修羅場で、たかちゃんは鍛えられたのかどうかは分からないが、20歳を過ぎると超武闘派組織の門を叩き、伝説と呼ばれた親分の運転手に抜擢されたのであった。

今ではパンチパーマの気合いの入ったおばはんもいない。路駐していたとしても、せいぜい駐禁を切られてしまうくらいだ。

だが、その昔、尼崎には戦場のような街が確かに存在していたのであった。

成功した英雄

大都会でサトシを支えたハングリー精神

どの道に進んでも、きっと成功をしていたであろうと思わせる人物というのがいる。たとえば、ヤクザの大親分であったり、大企業の社長であったり「あの人なら、何をしていてもきっと成功していたであろう」と評される人物だ。

私の周囲にもそういった人物が一人存在する。彼なら、たとえば白球を追いかけていれば、プロ野球選手として活躍していたであろうし、サッカーボールを蹴ることに情熱を滾らせていれば、Jリーガーとして脚光を浴びていたであろう。

その人物の名は、サトシ。私が4兄弟の契りを結んだサトシのブラザーである。

サトシのブラザーの快挙は30歳を過ぎて、ヤクザ稼業から足を洗い、大都会東京に上京。5年で経営者という椅子に座ってみせたことだ。それはある意味、尼崎の住民に希望を持たせたのである。

「ワシらみたいなクソローカルでも、やる気次第で大都会でもやっていけるのだ」

その足跡は、イチローがアメリカに渡り、日本人選手でも大リーグで通用すると知らしめたのと同じである。

彼の現役時代の武器は、ローリングソバット。いくらローリングソバットが最強だったとはいえ、もちろんそれだけは、大都会で勝者とはなれない。

だからこそ、ハングリーを武器にのし上がることを選択したのだ。

「オレは反省をしても後悔は絶対にしない」

サトシの少年時代からの口癖だが、その言葉通りに休みなく汗をかき、尼の人間でも大都会で成功することができるのだ、と証明してみせたのである。

そのサトシのブラザーの活躍ぶりは口から口へと伝播し、故郷、尼崎にも轟いてきたのだ。その快挙は尼崎の若い世代に刺激を与え、彼のもとへ続々と尼崎から若者が集うほどになっていった。中には、有名な親分が彼を訪ねていったこともあった。

ただ、彼の人柄は、そこらの成功者とは違う。成功をなし得た後もアグレッシブに動き続け、彼独自の世界観で、得た名声、手にした財を勝ち誇るようなことはしなかった。

「兄弟、人間は失敗もするから、反省は必要なんだよね。でも、後悔はしても無駄だからしなくていいんですよ」

すっかり標準語が板についたサトシのブラザーの口調は、若干スマートにはなったものの、少年時代からの口癖と何一つ変わりはしない。

年に数回、彼が尼崎へと凱旋を果たす際には、アウトローの世界に身を置く、もしくは置いていた者たち全てでサトシのブラザーを盛大に出迎え、歓迎するのであった。

その宴は、必ず朝までとなり、「兄弟、そろそろオレ帰るわ」と野暮なことを言い出す私にだけには、「何言うてんねん兄弟、まだ全然、呑んでへんやん。ちょっとマスター、兄弟に生中3杯持ってきたって！」と絶対、席を立たせてはくれない。

サトシのブラザーが関西弁になってしまうと、私は帰ることができない。

「兄弟、ちょっと呑み過ぎちゃう？　また、関西弁なってきてんで。ほどほどにしとかな」とブラザーを案じるフリをして、我が身を案じるのだが、彼は見透かしたように決まってこう答えた。

「当たり前やがな。生まれも育ちも心はずっと尼やがなっ」

彼こそが、尼崎の英雄なのである。たいがい、関西弁を喋り出したときの記憶は、翌日になるとないのだけれども。

第四章

懲役大炎上篇

職務質問

大都会は100メートル歩くごとに

大阪の裏社会に巣くう住民たちは首都東京、特に都心に近づけば近づくほど、職務質問のメッカであると思っているフシがあったりする。

何かの用事、たとえば関東から関西へちょっとシナモノ（覚醒剤）なんかを運んだ者が無事に法の網を潜り抜け、大阪に帰還を果たしたときなどは、「100メートルごとに職質（職務質問）されて、どんだけさぶい思い（危険な思い）をしたことか」と鼻の穴を膨らませ、興奮気味に話を盛ることとなんてざらである。

たいがいは脚色交じりのヨタ話なのだが……。

さて、その職務質問の嵐が大阪の某市にも波及してきていると文政に報告を入れたのは、文政のファミリーの情報機関を一手に預かる赤シャツだった。

額の汗をピンクのハンカチで拭いながら、文政にことの事情を報告していた。

「最近は住吉のある地区に大きな商売をしている売人が生息していて、おかげで、怪しいな思たら、すぐ職質してきますねん」

文政は、赤シャツの報告を、目を瞑りながら黙って腕を組んで聞いていた。

「夜に繁華街をうろつくパトカーでも、職質をおこなう方面隊は一発で分かりますねん。パトカーのライトを他のパトカーと違い下向きで走ってまんねん。そのパトカーの前で不審な動きとったらすぐ職質してきますわ。まさくんも気をつけたほうがよろしいでっせ」

赤シャツは、そこまで一気に喋り終えると、脂ギッシュな額をまたピンクのハンカチで拭ったのだった。

「オドレ、さっきからなんの話しとんねん」

文政は瞑っている瞼をゆっくり開き、赤シャツを睨めつけた。

「おいハナクソ。それがワシになんの関係があんねん」

きょとんとした顔で文政を見つめ返す赤シャツ。

「関係て……、一応、まさくんの耳にも入れとかなあかんて思て」

「なんで拘置所いとるワシが職質に気つけなあかんのじゃボケ！」

このとき、文政は裁判の審理中であり、この報告も大阪拘置所の古びた面会室で受けていたのだ。確かに、塀の中で暮らす文政には、一切関係のないことだった。

「ワシはオドレになんか情報とってこい言うとんじゃ！　誰がヒネの職質事情を、5年後の社会復帰のために予備知識入れとかないかんのじゃ！　そんなもん、まつにでも言うとかんかい！」

「しゅんましぇん……。もちろん、まっちゃんにもすぐ言うときます。住吉で仕事（車上荒し）はやめときやって」

うなだれる赤シャツ。だが、彼を侮ってはいけない。つまらん情報も山ほど持ってくるが、刺すように鋭い裏情報も彼は同じくらい所有している。

その後、面会の規定時間は、所内の規定時間を大幅に経過していたのだが、文政のまくし立てる怒声はいつまで経っても鳴りやむことがなかったという。

無論、赤シャツは何も言い返すことができず、文政の怒声をただただ、うつむきながら聞いているだけとなってしまった。

そして、散々どやし続けられた赤シャツは、うなだれたまま社会へと帰っていったのであった。

その日の夜、文政から私のもとへ電報が届けられたのだった。

《兄弟、住吉区は職質のメッカなっとるから、気をつけないかんど》

一応、赤シャツの情報を文政は無駄にはしなかったのだった。

心配してもらわなくても、私は車上荒しなんてやらないので、職務質問の対象外なのだが、もちろんそんな野暮は言ったりしない。

文政ブランド

塀の中でも高まるネームバリュー

文政ブランドは何も塀の外だけのものではない。塀の中においても文政ブランドは年々ネームバリューを高めている。

文政が〝塀の中の別宅〟と呼んでいる大阪拘置所に今回、移送されたときの処遇状況は、これまでと違い独居拘禁であった。

大阪拘置所は他の拘置所よりも「独居暮らしが高い（難しい）」と言われており、望んでもなかなか独居にはおろしてもらえない。

文政はそれを「顔づけや」と豪語し、前回までは大阪拘置所をこよなく愛しているようなふしがどこかにあった。

だが、今回ばかりはさすがに官側も、雑居におろせば運営に支障をきたすと考えたのであろう。断固として入所時から雑居へとおろすことを拒み続けていた。

「こいつら、ホンマ笑わしよんど、兄弟！」

面会のたびに古びた面会室の狭い空間で、面会の立会につく専門官を指差しながら、彼は威風堂々と処遇に対する不満を口にしていた。

「ま、兄弟しゃあないがな。有名人やねんから、辛抱せな」

なだめる私に彼は決まってこう言っていた。

「そりゃ、兄弟は孤独が好きやからええやろうけど、ワシは兄弟と違うから、兄弟にこの気持ちは理解できん」

断っておくが、私は孤独が別に好きではない。どちらかと言うと、わいわいガヤガヤとやるほうが性に合っている。

だが、私は時間があると一人でまったくうだつの上がらない小説をガリガリ書いているのを、彼は知っていたので、孤独が好きなのだと勝手に誤解していたのであった。

そんなある日、ついに文政が雑居におろしてもらえることになった。

ご機嫌で面会室に入ってくる彼は、挨拶や前置きなど一切なしでこう切り出した。

「兄弟が動かへんから時間かかってもうたけど、昨日からワシ雑居で暮らしとんど」

私が動いたところで何も変わらないことは、言うまでもない。

「アホやで、こいつら。ワシを雑居に入れたら文政部屋にしてまうのにのう」

またしても立会担当を堂々とけなしながら、文政節を炸裂させ、ご満悦の様子であった。

彼は「文政部屋にしてまうのにのう」と口にしていたのだが、歩く情報機関こと赤シャツの情報によれば、すでに文政が雑居に転房する前から、その房は文政部屋になっていたというのだ。

それはなぜか。その雑居房には、ステゴロキング・バッテツがいたからなのだ。

本来、バッテツが雑居で生活できてること自体、奇跡に近いというのに、バッテツは日夜を問わず正担当（刑務官）に訴え続けていた。

「あのね、あのね、マサの兄弟おるやろ。文政。兄弟をこの部屋に転房させて。分かった？」

大阪拘置所に不運があったとしたら、同じ時期に文政だけでなく、バッテツまで収容しなくてはならなかったことであろう。

通常、共犯関係や同じ組織の身内同士、もしくは社会からの親しい間柄を、同じ房には収容しないのが通例だ。

ましてや、文政とバッテツである。ただでさえややこしいのに、二人を同じ房にすればどれくらい秩序が乱れてしまうか、火を見るよりも明らかであった。

拒み続ける正担当。日夜を問わず同じことを繰り返すバッテツ。この攻防戦は三日三晩続けられたという。根負けしたのは、正担当であった。

「あのね、あのね、自分（正担当）、あんまり聞き分け悪かったら借用書巻かすで」

バッテツに借りてもいないお金の借用書を巻かされてはたまったものではない――と考えたかどうか知らないが、最終的に大阪拘置所は文政をバッテツが暮らす雑居房に転房させたのだった。

そして、文政は転房後、すぐに部屋の人間を次々に舎弟に収め、予想通り拘置所の運営に支障を及ぼしていった。

めでたしめでたし……で終わる話かと思われたのであるが、しばらくすると文政から怒りの手紙が私宛に届けられることになった。

《兄弟、ええ加減にせえよ！　バッテツのアホ、このクソ暑い中、いっしゅく（ひたすら）スクワットとしとるやないかい！　熱気ムンムンなってもうて余計暑いやろがい！》

私に言われても……の話なのだが、ステゴロキングは塀の中でも、筋トレに余念がないようである。

　ちなみに初夏から冬にかけて続いた雑居生活で文政は、16人の舎弟を増やしたのだった。そして、バッテツは貸してもいない借用書を8枚巻かせることに成功している。

穏やかな手紙

愛すべき男がホームシック？

当初、文政は私に手紙でこんなことを言っていた。
《兄弟、ここはホンマに自然が豊かで日々がのどかや。シャバでの毎日の修羅場がウソみたいに思えるわ。なんや心が洗濯されとるようやど》
心は衣類ではない。それを言うなら、《洗われるようや》であるのだが、彼はそんな小さなことを気にとめない。
そんなことよりも、鳥取県の大自然が、あの文政にどういう心理的影響を与えたのか。私には、そちらのほうが驚きであった。幾分、手紙の文字も柔らかくなっているようにも見える。まさか田舎の刑務所（失礼）ごときが、文政の更生に成功したのではあるまいな。
大阪府民は大喜びである。誰も鳥取県に足を向けて寝られなくなってしまうではないか
——と思っていたのだが、やはり、まさかであった。塀の中の文政から手紙が届けられて1週間もしないうちに、こんな電話が私にかかってきたのだった。

「おぅ！　尼のブラザー！　兄弟の面会行ってきましたで〜！」

文政の実兄、弘吉さんであった。弘吉さんはいつでも陽気でテンションが高い。弘吉さん自身も鹿児島（刑務所）から一線復帰したばかりで、まっちゃんを連れ、ウォーミングアップを始めたところであった。

「ホンマですか？　文政の兄弟も自然に囲まれて、えらい穏やかになってるようですね」

数日前に届けられた文政からの手紙を思い出しながら、そんなことを口にした。

「何言うてまんねんな！　マサでっせ！　マサが穏やかになんてなりまっかいな！　蝉がうるさいやの、カエルがやかましいやの、田舎は辛気臭いやの、面会時間一杯、ワシにやなくて面会についた担当に文句のオンパレードでしたがな！」

光景が目に浮かぶ。実に文政らしい態度ではないか。どうやら、私が彼を少しばかりみくびってしまっていたようだ。

危うく、鳥取刑務所に、無駄に敬意を払ってしまうところだったではないか。察するに、私に手紙を書いたときには、確かにそう思っていたはずだ。だが、すぐに飽きてしまったのだろう。

面会室で文政に怒鳴られるようにしながら、会話のやり取りを記録している専門官（面会専門の刑務官）を想像すると、気の毒でならなかった。

帰宅後、もう一度、冷静な思考回路に戻し、文政からの手紙を読み返してみた。

《兄弟、夏には海水浴に行ったり、キャンプ行ったりしようや！》

思わず、ヒカが「沖ちゃんどうしたん？」と尋ねてくるくらい私は、吹き出してしまっていた。

海水浴にキャンプである。

彼がどうかしていたのではない。私がどうかしていたのだ。このあたりで気がつかなかった私がどうかしていたのだ。普通に考えて文政が、そんな庶民的なことをやるわけがない。

彼の場合は、「海にこの車沈めて、山にこいつ埋めてまうど」が、庶民でいうアウトドアなのだ。なんにしても、変わらず元気だということが分かった。

私は読み終えた便箋を閉じ封筒の中に戻すと、横からヒカに小遣いをせびられながら、返事のペンをとることにした。

「な！　沖ちゃん小遣いちょうだいや‼」というヒカの声と、《前略、ホームシックの愛すべき兄弟へ》の文字が重なったのだった。

懲りないビジネス

安心と安らぎを与え続ける懲役ライフ

文政と同じように現在、塀の中にいることで、大阪府民に安心と安らぎを与えているステゴロキング・バッテツ。その懲役ライフは筋トレ一筋なのである。洋裁工場に配役されようが、金属工場におろされようが、筋トレしかしない。懲役の日々を、明けても暮れても筋肉のトレーニングだけに捧げているのだ。

社会においても、そのライフスタイルはたいして変わらないのだが、それでは社会生活を営めないので、ちゃんと債権取り立て――と見せかけたカツアゲという仕事には就いている。主にバッテツは、このカツアゲ一本をなりわいとしている。

だが時折、腕相撲という新手のバクチを開帳してしまうこともあるにはあるのだ。

結局、バッテツがやるとカツアゲになってしまうのだが……。

「あのね、あのね、カツアゲは正業。腕相撲は仕事と違うねん。う～んとね、アルバイト」

まだニートのほうが世間様に迷惑をかけぬぶん、マシではないかと思われるこのアルバイト。要は、力ずくで腕相撲をやらせ、力ずくで大枚を張らせ、力ずくで相手をねじ伏せるのだ。やはり、カツアゲではないか。

「おいっ、兄弟。腕相撲で懲役なんてなってみ。ワシに笑われてまうど」

みんなに、ではなく、ワシに、と特定するところが文政らしいのだが、文政ですらそんなことを口にするほど、そのアルバイトは危うい。

しかし、バッテツに言わせると、こうなってしまう。

「う〜んとね、兄弟。債権（回収）はギリ、グレーやけど、腕相撲はホワイト。めくれても賭博開帳図利」

賭博開帳図利……まったくホワイトではないではないか。というか、下手をすると恐喝だけではなく傷害や脅迫といった罪名までつけられてしまうだろう。間違っても、賭博開帳図利での逮捕にはしてくれまい。

バッテツがいう〝アルバイト〟のシフトは、まさに神出鬼没なのである。

ガタイの良い、悪そうなヤカラを見かけると、握力計を軽く振りきってしまうと言われている指と、丸太のように逞しい首の骨を鳴らしながら、

「あのね、あのね、自分。あんまり調子乗って歩いとったら腕相撲させるで」

となるのである。だが、まだ出勤ではない。そこでバッテツに目をつけられた不良が、「しゅいましぇんっ」と道の端でシュンとしてしまえば、バッテツはバイトに出ない。

たいがいはバッテツの体躯に怖れをなすため、無断欠勤が続いてしまうが、仮に一言でも、「何こら！」と言い返してしまうと、力づくで近くのファミレスへと連行され、

「あのね、あのね、ハンディーあげる。ハンディー。両手でカモーン」

となり、腕相撲を強制させられるのだ。そこで初めて、バイト出勤となる。時給は相手の収入次第で大きく変動するのだが、たいがいは「自分、預貯金なんぼ持ってんの？」と質問される。

挙句、その際のファミレス代までおごらされるという寸志まで出さなくてはいけなくなってしまうのだ。

懲役に行くと、たいがいの者は色白く痩せて社会へと帰還を果たす。

しかし，文政はウェートをＭＡＸにまで上げて野に放たれてくる。

実は，バッテツもそうなのである。

隆々とした逞しい体躯に磨きをかけて帰ってきてしまうのだ。

もしかすると、塀の中でもイキがっている懲役に無理矢理、食券（晩飯）を賭けさせ、アルバイトしているかもしれない。

ステゴロ同様、腕相撲でもバッテツに黒星をつけた者はいまだ存在しない。

主役のいない街角
凄まじい赤シャツの当たりとハズレ

炎天下の中、私は切れたタバコを買うために、近くのコンビニへと歩いていた。焼けついたアスファルトは歩幅を鈍らせ、空ではアブラゼミがわめき散らしいる。

私は額の汗を指の腹で軽く拭いながら、「なんで尼の夏は、こないに暑いんや」と毒を吐き、辿り着いたコンビニの自動ドアをくぐった。沸騰しきった身体が、店内の冷気に包まれて安堵のため息が漏れる。

レジの前に立つ、若いだけが取り柄としかいいようのない愛想の悪い青年に、吸っているタバコの銘柄を告げた。返事すら返しやがらない。

（オドレコラ！　客商売をなんや思とんのや！）と心の中で一喝入れた後、ズボンのポケットに入れた携帯電話の振動に気がついた。

まったく覇気のない店員の背を見ながら、通話ボタンを叩いた。私の携帯電話に振動を与えた相手は、歩く情報機関・赤シャツだった。

「おはようございますぅ。暑いでんな。最新情報が沖田さんだけに入りましたよ～」

赤シャツは、沖田さんだけ、というところを妙に強調してきた。

「なんやねん？」

面倒くさげ気に聞き返した。赤シャツの情報網の凄まじさは、私も重々に承知している。背負う緑のリュックサックの中には、決して世に出てはいけない情報もふんだんに詰め込まれているのも知っている。

そんな赤シャツの最新情報だ。しかも私だけに、というサービスぶりなのだ。もう少し丁重に扱っても良いのではないかと思うのだが、それはこれからの赤シャツの情報次第であった。

赤シャツは、週刊誌が三週間も四週間も後に報じる情報を誰よりも先んじて持っていたりする。だが、同時に四流雑誌ですら一生記事にしないクソみたいな情報も大切に保管しているのだ。そのため、内容次第では通話終了ボタンを無言で叩かなくてはならない。

今回の最新情報は、そのクソのほうであった。

「あのでんな、まず三日前にマツのヤツが布施で大当たりを引いてます。それで現在、K

くんの身なりが良くなってますよ！」

まっちゃんの名を口にした際の赤シャツには、あきらかな敵意があった。赤シャツは車上荒らしのスペシャリスト・まっちゃんをライバル視しているのだ。

「で？　次は？」

私は、サイフから千円札を抜き出し、返事一つできない若いだけが取り柄の店員に差し出した。また返事をしやがらない。

「で、次は？　って、大当たりでっせ！　もっと喜んでくれるかと思うて電話したのに。弘吉さんは大喜びでまっちゃん探しにいきましたで」

さっき、沖田さんだけに、と言っていたではないか。

「ま、よろしいわ。実は今、住吉区にアメちゃんを配るおっさんが出没してまんねん。なんでも調べたところではそのおっさん。余命を医者から宣告されてるらしくて、それで最後にお世話になった住吉区にご奉仕してるらしいでっせ」

文政みたいに私が「使えるの」と言うと思ったのだろうか。私は黙って終了ボタンをタップすると、これまた無言で釣り銭を手渡してきた店員から、小銭を受けとった。

「何が夏季処遇じゃ！　毎年、毎年、うちわ一枚で『夏、乗り越え』抜かしやがってどアホが！　おい、兄弟、本気で暴動起こしたろかい！　のう、兄弟！」

文政は夏が苦手だった。冬場でもランニング一枚で乗りきれる文政の、塀の中の天敵は暑さだった。毎年、夏になると、文政はそう言いながら乱暴にうちわを扇いでいたのだった。その姿を思い出し、私は少し笑みをこぼした。

目の前の無愛想が怪訝な顔で私を見ていた。

「良かったの、兄ちゃん。お客さんが、兄弟やのうて」

と呟くと、店員はさらに怪訝な顔をした。彼は、愛想の悪い者が大嫌いである。自身は愛想の「あ」の字もないけれども、他人の無愛想には手厳しい。

文政だったら、オーナーでもないのに、バイトをクビにしていたであろう。

店内から出ると、冷やされた身体が再び容赦なく炎天下にさらされる。

「兄弟、暴動起こしたらあかんで」

鋭い陽射しを浴びせてくる太陽を見上げ、私は独り言を呟いたのだった。

刑務所時代①

タイフーンが過ぎ去り、カレーとコーヒーが…

塀の中の不文律の一つとして、秋になると文政の機嫌が良くなる、というのがある。彼は、汗をかくことがとことん性に合わないのであろう。空調完備がまったく整っていない塀の中の文政の夏のコンディションは、例年、半端ないほど悪い。

その被害は、文政タイフーンとなって、同じときを過ごしている同囚たちへと上陸してしまう。そして、容赦なく猛威を振るう。

唯一、機嫌がまだマシなのは、メシのときぐらいではなかろうか。彼の場合、暑さで食欲が落ちるということは、間違ってもない。

毎年、夏を越すと文政タイフーンの影響で、20人近くの懲役が工場を去っていってしまう。満員だと80人入る工場が60人ほどになると、暑さも少しはマシに思え、文政タイフーンも落ち着きを見せ始める。

本来、刑務所の仕組みは、事故落ちで懲役の欠員が出れば、すぐに新入が配役され補充されてくるのだが、この時期だけは、工場担当の刑務官であるマリオも新入を取らなかった。他でもない。同じことが繰り返され、すぐに欠員が生まれてしまうからだ。ならば、文政を不機嫌にさせるだけ損である。そのあたりはマリオも心得たものであった。

すっかり暑さも和らぎ、朝晩が涼しくなり始めると、決まって私は担当台へと呼ばれた。

「おい、沖田そろそろ涼しなってきたけど、どないや文のコンディションは？」

とマリオから尋ねられるのだ。私は毎年、これを尋ねられると、今年も秋が訪れたのだなあと実感していた。

「もう大丈夫違いますか。夜も就寝と同時にイビキかいて起床の号令までビクリとも起きませんから、問題ないでしょう」

懲役は誰しも眠れぬ夜を過ごすものである。シャバへの未練、焦燥感など様々な葛藤が脳裏に去来し、眠れぬ夜を演出するものであるが、それだけではない。睡眠時間が長過ぎるのだ。

子供じゃあるまいし、毎日、毎日10時間近くも寝られるわけがあるまい。だが、文政は、まるでシャバに戻ったときに眠らなくても良いというように、塀の中ではぐっすりと眠りについていた。

それが若干、夏場になると暑さで寝苦しさを文政も覚えるらしく、寝つきが少し悪くなるのだ。それでも、10時には高いびきをかいているのだけれども……。

「よっしゃ、分かった。ほんなら明日から新入おろさすから、文にもう放り出さんようにに言うとってくれよ」

マリオの言葉に、私は軽くうなずいた。

「兄弟、マリオが明日から新入とる言うてるけど、もういけるやろ」

口笛を鳴らしながらミシンを踏んでいた文政のもとへ行き、交談許可を取ると、私は文政に尋ねた。

「兄弟……」

口笛を吹くのをやめると、文政は私を見据えて口を開く。

「新入を配役させるのはかまへん。ただな、カレーとコーヒーが苦手なヤツやないといらへんど」

文政はニヤリと笑みを浮かべた。このセリフも毎年のことであった。私も例年と同じように、笑みを浮かべると、「言うとくわ」と口にして文政の作業台を離れ、担当台のマリオに視線を移した。

マリオと視線が絡み合う。私は深くうなずいてみせた。マリオがうなずき返す。これで明日には、５人ほどの新入が配役されてくるであろう。

もちろん、彼らがカレーライスとコーヒーが苦手かどうかまでは、私もマリオも分からない。分かっていることは、彼らがそれらを口にする機会が、今後、極端に少なくなるだろうということだけだ。

「作業やめーっ、掃除始めーっ」

マリオの号令が工場内に響き渡った。そして、懲役たちは舎房へ帰るための準備をし始めたのだった。

刑務所時代②

客人に対するおもてなし

すっかり寒くなり房内で吐く息も真っ白になっていた冬の日に、彼は配役されてきた。年齢は私や文政より若かったが、幼い顔つきのせいで、さらに若く見えた。そんな彼であったが、脱ぐと凄い。鍛え抜かれた身体には、見る者を惹きつける彫り物をびっしりと背負っており、胸には関東の大組織の代紋が爛々と輝いていた。

新入の世話係をしていた私は、他の懲役にもそうしていたように、彼ともいろいろな話をした。そして、彼がある組織の組長の実子であるということを知った。

腰も低く、話す言葉もしっかりしていて、関東弁ということもあって耳に優しい。散々聞き飽きた「でんがな、まんがな」や「でっしゃろ、まっしゃろ」でもない。

久しぶりに良い青年が配役してきたもんだと思い、文政にも運動時間に紹介することにしたのだった。

「兄弟、関東の○○組あるやろ。あそこの幹部の実子で、好青年くんや。慣れへん土地での務めで大変やろうから、兄弟、頼んどくわな」

こう紹介しても、文政は愛想一つ決して言わない。

「ワシが文政や」

この一言だけである。初対面の相手でも、自分のことを知っている前提なのである。

良くできたもので、「あっ！　文政さんですかぁ！　舎弟のともくんと拘置所で一緒だったんですっ！」と、たいがい相手も存じている。

好青年くんは運動時間になると、黙々と身体を鍛え、作業中は一生懸命仕事をしていた。

言うなれば、立派に務めていたのだ。他所の土地で代紋が安くなるような務めをしてはならないと、思っていたかもしれない。

だけど、こういう立派な務め方をしている懲役に対し、必ず快く思わない者が出てくるのが刑務所の常だった。好青年くんが入れられた雑居房の現役を名乗るポン中数人が、彼をマンガにし出したのだ。その声は、私や文政にも届いていた。

「おい、兄弟。あの子、同じ房のポン助らにいじられとるらしいやないか。なんか言わんでええんかい」

文政が人のことに干渉するなど珍しいことだったが、文政の目に止まるほど、好青年くんの務め方が良かったということだろう。

「いや、オレが口出すことやないわ」

私は文政に返した。もちろん好青年くんに頼られれば、口だって挟む。だが、頼まれてもいないのに、しゃしゃり出るようなことはできなかった。逆に好青年くんのプライドを傷つけることになるからだ。

でも、何も援護しない訳ではない。極力、工場では好青年くんに話しかけるように努めた。これで好青年くんを取り巻く工場の雰囲気が良くなればいいと思いながら。敏感にそれを察知したのは、他でもないポン助たちであった。

「沖田はん、あいつの言うてること全部ハッタリでっせ。実子やいうのもホンマかどうか分かりませんで」

さすがポン助である。人間が卑しくできている。ハッタリだろうが、なかろうが何の関係があるというのだ。そして、次の言葉がさらに私の神経を逆撫でした。

「今日、帰房したら、ドア蹴らして放り出そう思てまんねん」

「お前のう――」と言いかけたときだった。

「放り出したかったら放り出さんかい！　その代わり、明日にはオドレも血だらけなってこの工場から出て行くことなるど！」

文政だった。いつの間にか、後ろで話を聞いていたのだ。

「うそです！　うそです！　すいません！　すいません！」

連呼しながら、ポン助たちは足早に立ち去って行った。

その背中を見ながら、文政が「腐ったみかんは、とことん腐らさなあかん。当分、あいつは昼メシ抜きやの」ポン助に対して、シャリ上げ条例が施行されたのだった。

「沖田さん、文政さん、本当にありがとうございました！　お二人のお陰で、事故なく満期で務め上げることができました！」

その後、好青年くんはつつがなく刑の終了を迎え、私たちより早く社会へと帰還していくことになったのだった。そして、私たちが社会へ戻ったときには、立派な兄いになっていたのだった。

「なっ兄弟、ワシの目に狂いはなかったやろう」

文政が言っていたが、それは私のセリフだ、である。そう口にしながら、文政は納得したように、何度もうなずいていたのであった。

刑務所時代③

超大物の入所にとられた処遇

ミシンをダダダダダッッッと踏む音と、文政が鳴らす口笛のハーモニー。ここのところ揉めごともなく、工場内は春の穏やかな陽気に包まれていた。

「沖田！　担当台！」

その静寂を破るように、担当台に立つマリオが自前の赤色のハンドマイクで叫んだ。

私は「は～いっ！」と右手をのんびり上げて、担当台へと向かった。

工場は平和。イコール後ろめたいことがまったくない。これが不穏な空気を醸し出しているときは、こんなのんきに担当台へと向かえやしない。塀の中の交番、処遇課へと引っ張られる可能性があるからだ。

文政の横を通り過ぎると、口笛からいつの間にかコブクロの熱唱に変わっている。

「うおおおおっっっっ!!!」

すこぶるビブラートが効かされていた。

担当台まで辿り着くと、マリオはひょいと担当台から飛び降り、声を抑えて口を開いた。

「他のもんに言うたらあかんぞ。お前んとこの親分が昨日、ここに移送されてきたど」

「うそっ‼」

思わず驚きの声を上げてしまった。

「あほっ！　声がでかいっ！」

確かに親分が逮捕されて実刑の判決を受けていたのは、中まで伝わってきていた。

でも、まさか私たちが収容されている大阪刑務所に移送されてこようとは想像もしていなかったのだ。

「あっ、すんません。で、親分は今、新入考査にいてはるんですか？」

マリオが首を振る。

「いや新入考査も免除で所長が昼夜独居処遇にする決定を出したから、工場の配役もムリや。今、一舎の独居にいてるわ」

通常、刑務所に入所してくると新入考査といった訓練や適性検査を受けて、その結果どの工場へ配役されるかを決められるのだが、親分は山口組のプラチナ（直参組長）である。

所長も他の懲役の影響力を考慮して、同衆と顔を合わせることのないように昼夜独居の判断をしたのだ。

「なんとか親父の力で、自分らの工場におろしてもらうことできませんの？」

マリオは頭を振り、こう言った。

「所長の決定やからムリや。それにワシでも、あのクラスの人をよう扱えられん」

確かに刑務官といえども人間だ。親分には注意一つするにも気を遣うだろう。私は、がっかりしながら、担当台を後にしたのだった。

「兄弟、どないしてん。離婚届でも届いたんかい？」

肩を落として役席へと戻る私に、文政が声をかけてきた。彼の場合、他の受刑者のように刑務官に見つかるのを恐れて小声で話しかけるような野暮はしない。

「ちゃうがな。て言うか入籍もしてへんがな」

「ほなら、どないしてん？」

「ウチの親分が大刑に移送されてきはったらしいねんけど、工場にはおろされへんのやて」

「何！　親分がか！」

マリオを含め、工場内の全受刑者が大声を出して立ち上がった文政を見た。文句なしの無断離席である。

「よっしゃ！　ワシに任したらんかいっ！」

そう言うと、担当台のマリオへ向かい、歩き始めてしまった。文政でなければ、即刻、警備隊を呼ばれ懲罰房へと吸い込まれるところだが、彼は治外法権である。誰も咎める者はいない。

文政はマリオの前まで辿り着くと、オーバリアクションを交えながら、ツバを飛ばし熱弁を振るっている。数分後、仏頂面した文政が役席へと戻ってきた。

「なっ、ムリやったやろ？」

彼に尋ねた。

「ワシが工場に配役してもうてるだけでも、奇跡と思えとか抜かしよんねん。しゃあない、マリオじゃ話しならんから所長に家族団欒したろかいっ」

それを言うなら直談判である。文政なら本当にやりかねないので、私は丁寧に辞退したのであった。それでも諦めきれなかった私はことあるごとにマリオに掛け合った。

だが、マリオが首を縦に振ることはなかった。ただ、マリオはこんなことを口にし出したのだ。

「さすがは親分て呼ばれる人だけあるって、刑務官の中でも噂なってるぞ。ワシもいっぺん一舎まで見にいったんやけど、姿勢をピンと正して黙々と室内作業をしてはったわ」

この評判は次第に大きくなり、いつしか刑務官のほうが親分に敬意を払うようになっていったのであった。そして、私より一足先に社会の人になられた親分の出所を一斉に週刊誌が取り上げたのだった。

親分の出所から1カ月後、私もシャバに復帰することになった。

「懲役の間はおおきにな」

本部へと出所の挨拶に向かった際に親分が一番、最初にかけてくれたのがこの言葉である。ちゃんとマリオが、私がどうにかしようと働きかけてたことを親分にそっと伝えてくれていたのである。

——あのおっさんも、粋なことしよるやないか——

そう思いながら、またその日から渡世に励んだのであった。

エピローグ

龍ちゃんの涙、ありがとう元秋さん

九州のプラザーである龍ちゃんの親友に、元秋さんという誰からも愛され続けた人がいた。

まだ私自身とは顔見知りでないときから、私がヒカと結婚式を挙げると龍ちゃん伝いに耳にすると「龍ちゃんの兄弟分やったら、ワシも行かんといかん！」と言ってくれ、満面の笑みで私たちの門出を祝ってくれた。

それが私と元秋さんの出逢いになり、ヤクザ稼業から足を洗い、物書きとしてのスタートを切ってからは終始一貫「沖田先生！　沖田先生！」と、先生でもなんでもない私のことを応援してくれていたのだ。デビュー作となる「生野が生んだスーパースター 文政」を上梓させた際には、何冊も購入してくれ、それを行きつけのお好み焼き屋さんに置いて、来店するお客さんに配り続けてくれていた。

「沖田先生の本やからな！　絶対、読めよ！」

ありがたいことに、宣伝してくれていたのだ。そんな元秋さんが病に侵されていること
を知らされたのは、7月中旬の夏がいよいよ本番を迎え始めた頃だった。
「兄弟、実は元秋がもうあかんらしいんよ。酒の呑み過ぎばい。医者が言うにはもう1カ月もたん言いよおとよ」
龍ちゃんから連絡を受けた私は、入院先を聞くと、取るものもとりあえず車を病院へと走らせていた。私なんかが駆けつけたところで、状況が好転するはずないことなんて分かっていた。だけど、私はアクセルを踏み込み、助手席に「生野が生んだスーパースター 文政」の単行本を携え無我夢中で走っていたのだった。

「あっ！　沖田先生！　わざわざ来てくださったんですかっ！」

表情と顔色を一目見て、元秋さんの病状が深刻であることが分かった。

「大丈夫ですか、元秋さん？　秋には元秋さんが楽しみにしてくださってる第二弾を出版しますから、なんせ頑張ってくださいよ！」

無力な私にはこんなことを口にするくらいしか出来なかったのだが、それでも元秋さん

はパッと明るい表情を作り、「ホンマですかっ！」と喜んでくれた。

時間にして、わずか10分くらいであっただろうか。変わりゆく尼崎の街並みの話や、文政の単行本の話なんかをしながら、私は「頑張ってくださいよ！」と言い残して、病室を後にしたのであった。

帰り道、龍ちゃんから私の携帯電話に連絡が入った。

「兄弟、ホンマありがとう！　元秋が喜びよってすぐに電話がありよったとよ。なんか声も元気になっとったばい。兄弟、ホンマありがとね！」

だけども、わずか3週間後に龍ちゃんから再び電話がかかってきたときには、もう元秋さんに残された人生のタイムリミットが迫ってきていた。

元秋さんの意識はもうすでに朦朧としていたはずだ。

それでも、龍ちゃんが「元秋！　分かるね？　沖田先生が来てくれとるばいっ！」と言うと、視点をはっきり私に合わせ「あっ……先生、すいません…。こんな格好で……」と身体を起こそうとして、同じようにベッドの周りで元秋さんを励ましている男性を指差した。

「先生、このおっちゃんが美味しくないお好み焼き屋のマスターなんです…」

「こんなときにまで、笑わさんでええねん！」

とマスターが答え、側についていた看護師さんまで笑みをこぼし、笑い声が上がった。

龍ちゃんを含め、ベッドを囲む元秋さんの友人たちの表情を私は見ながら、本当に元秋さんはみんなから愛されているのだと実感したのだった。


その日の夜、元秋さんは50年という人生に幕をおろした。


「兄弟、無事に告別式終わったからね」

お通夜にしか参列できなかった私に、龍ちゃんから携帯電話に連絡が入った。

「最期に棺に花を手向けるばい。したら、お好み焼き屋のママが、『元秋くんっ！　文政の本もちゃんと持って行きや！』って、胸にしっかり握らせて置きよってね、したら……

したら…どげんか込み上げてきよってね……」
そこからは、龍ちゃんの声は涙で言葉にならなかった。

元秋さん。いつかそっちに逝ったとき、元秋さんに「先生」って呼ばれても、恥ずかしくない書き手になってそっちに逝くから、その時にはまた本の話をいっぱい聞いてください。

尼崎の街は、相変わらずです。何もないけど、よく見れば何でもあります。ここで私は書き続けていきます。
私の紡ぐ言葉を愛してくれてありがとうございます。
どうぞ、安らかにお眠り下さい――。

真夏の夜空に、一つの輝く星が流れていったのだった。

阪神電車尼崎駅

終わりに

実のところ、私が生まれたのは伊丹市である。そう、尼崎よりやや上品な街だ。でも、幼年期に隣街の尼崎へと引越してきてから、服役中か潜伏中以外の期間をずっと尼崎で暮らしてきた。だから、尼崎が大好きなのである。なんてことはなく、どちらかと言えば嫌いだったりする。なのに、他府県の人間にバカにされたり、大きな顔をされるとなぜだか、いい気分にはならない。嫌いなはずなのに、である。

多分、私はこの好きでもない街で、この先もずっと暮らしていくのだろう。

早いもので、私のデビュー作となる「生野が生んだスーパースター 文政」が刊行され、1年の歳月が流れました。そのデビューで私の人生は大きく変貌し、様々なところで拍手喝采の歓迎を受け、暮らしも随分と豊かになってしまいました……というのは、ウソで今も昔も私は私。何も変わってはいません。

ただこの1年で、様々な書く仕事をいただき、今となっては、全てが肥やしとなっていると感じています。

みなさんのお陰でデビュー作は、重版をかけていただくことが叶い、こうして続編と言える第二弾を出版させてもらうことができました。そのことに感謝するとともに心よりお礼を申し上げます。

また、本書の作成にあたり、サイゾーの揖斐社長をはじめ、快く編集を引き受けて下さった編集者の方にも深謝致しております。

前作同様に、本書内において様々な人々に登場していただいています。

クスッと笑っていただき、お赦し頂ければ幸いです。

塀の中で、書物に触れ、ペンを握って16年。未だ自分自身が世に出ているのかどうか分かりません。でも私はこれからも書き続けていくでしょう。

誰かがどこかでクスッと笑ってくれて、誰かがどこかで涙を流してくれる限り。

平成29年10月吉日

沖田　臥竜

装丁・本文デザイン

鈴木俊文（ムシカゴグラフィクス）

沖田臥竜

（おきた・がりょう）

1976年生まれ。兵庫県尼崎市出身。20代でヤクザ渡世に身を投じ、通算12年間を刑務所で過ごす。服役中から執筆活動を開始。出所後は六代目山口組二次団体で若頭代行を務めていたが、2014年の親分の引退を機に渡世から足を洗う。16年に「生野が生んだスーパースター 文政」（サイゾー）でデビュー。以後、ニュースサイトや週刊誌でも記事を執筆。著書に「2年目の再分裂 任侠団体山口組の野望」（サイゾー）、共著として「悪問のすゝめ」（徳間書店）がある。

尼崎の一番星たち

2017年12月1日　初版第一刷発行

[著者]
沖田臥竜

[発行者]
揖斐　憲

[発行所]
株式会社サイゾー
〒150-0043
東京都渋谷区道玄坂1-19-2 スプラインビル3F
電話　03-5784-0790（代表）

[印刷・製本]
株式会社シナノパブリッシングプレス

ISBN 978-4-86625-096-0